新 潮 文 庫

7 月 24 日 通 り

吉 田 修 一 著

新 潮 社 版

8206

7月24日通り ◆目 次◆

7月24日通り

1・モテる男が好き！

今朝、港で蝶《ちょう》の死がいを見つけた。

最初、ハンカチかと思ったが、近寄ってみると、黒い羽根に黄色い模様のある大きなアゲハ蝶だった。一瞬、どうしてこんな時期に、と首をひねってみたが、よくよく見てみると、なんと胴体にピンが刺してある。標本にされていた蝶が、どういういきさつかは知らないけれども、港の岸壁に落ちていたのだ。

胴体に刺されたピンを見た瞬間、ちょっと背中がチクッとした。足元のすぐ先が岸壁の突端だったこともあって、直角に海に落ちるその場所へ、自分のからだがふっと吸い込まれそうだった。

私はあわてて蝶の死がいを跳び越え、いつものように岸壁を歩き出した。

まだ午前中だというのに、目が痛くなるほど真っ青な空だった。その真っ青な空が、港の水面にも映っていた。

月曜日から金曜日まで、私は毎朝7：16のバスに乗る。ときどき、バスが遅れることはあっても、私自身がそのバスに乗り遅れたことはない。「ジェロニモス修道院前」の停留所を出たバスは、小さな丘をいくつか越えて市街地に入る。右手に海を見渡せる道に出ることもあるのだが、たいていは平凡な建売住宅が並んでいるだけの市道で、たまに見かけるコカ・コーラの赤い自動販売機でさえ、そこに置かれているとハッとさせられる。

バスはオフィスのあるガレット通りまでいくのだけれど、私は毎朝その二つ手前の停留所で降り、日々その色を変える港を眺めながら、岸壁を歩いてオフィスに向かう。

以前は退屈で仕方がなかったこの朝のバス通勤を、最近なんとなく楽しめるようになったのは、まだ行ったこともないポルトガルのリスボンという街の地形が、私の暮らす街とどこか似ていることを発見してからだ。

たとえばいつもバスに乗る「丸山神社前」という停留所の名前を、「ジェロニモス修道院前」と言い換えてみれば、右手に海を見ながら丘を越えて市街地へ入っていく経路は、リスボンの地形とそっくりで、だったらこの「岸壁沿いの県道」が「7月24日通り」で、再開発で港に完成した「水辺の公園」は「コメルシオ広場」だ、などと言い換えているうちに、県庁所在地でもない、どちらかといえば地味な日本の地方都市に、リスボンの市街地図がすっかり重なってしまった。

もちろん、こんな馬鹿《ばか》げた発見を、他人に話したことはない。話したところで、同僚の梅木さんなら、「へぇ、そうなの？」と、ちょっと驚いたふりをしてくれるだけだろうし、最近バイトで入った菜月《なつき》ちゃんは、「リスボン？　リスボンってアメリカでしたっけ？」などと言い出しかねない。ならば、いっそみんなには秘密にしておいたほうがいい。

ただ、最近ちょっと度を超しているような気がしないでもない。先週だったか、菜月に取引先の場所を教えているとき、「ほら、中央駅の先にローソンがあるじゃない。そのビルの六階よ」と言ってしまった。菜月はぽかんとしていた。ヨーロッパではないのだから、そんな名の駅がこの街にあるわけがない。

岸壁をコメルシオ広場まで歩くと、目の前に海軍工廠《こうしょう》が見えてくる。実際は、港の遊覧船を主とした地元フェリー会社の建物なのだけれども、どちらも船が関係するということで海軍工廠と呼んでいる。

この建物にぶつかる手前で岸壁を離れ、オフィスのあるガレット通りへと入っていく。ガレット通りに入るとすぐに、とても古めかしいカフェがある。入口に「NHK放映中」などと貼《は》り紙のあるこの店に、以前は見向きもしなかったのだが、これをコメルシオ広場脇《わき》のカフェだと思えば、通勤客用に店先で売っているサンドイッチにもどこか異国情緒がただよって、最近では毎日のようにここでミックスサンドと牛乳を買ってオフィスに向かう。

カフェの主人はいつも無愛想で、言葉を交わしたこともない。ただ、今朝は珍しく奥さんのほうが店先に出ている。

「岸壁のほうは、寒かったでしょ？　風が強くて」

一瞬、どうして岸壁を歩いてきたことを知っているのだろうかと思ったが、店先からは海軍工廠先の岸壁が丸見えだった。

「何か海に落としたの？」

奥さんにそう問われ、「え？」と私は訊《き》き返した。

「なんか、ほら、あそこで立ち止まって下を覗《のぞ》き込んでたから」

「あ、いえ。岸壁に蝶々が落ちてたんですよ」

「蝶々？　この寒空に？」

「なんか、ピンが刺さってたから、たぶん……」

そう言うと、奥さんはまるで自分がピンで刺されたように顔をピクッとしかめてみせた。

サンドイッチと牛乳の入った紙袋を受けとると、通りの向こう側から、「本田さ〜ん！」と叫ぶ菜月の声がした。決して狭い通りではないのだけれど、菜月の甲高い声は、まるで背後に立っているかのように聞こえる。

ふり返って菜月に軽く手をふった。なかなか変わらぬ信号に地団駄を踏みながら、通りを走り抜けていく車を、恨めしそうに一台ずつ目で追っている。

置いて歩いていくわけにもいかず、横断歩道の手前で待っていると、信号が変わるなり走り出してきた菜月が、「大ニュース！　大ニュース！」と周囲をはばかることもなく、大声を出して近づいてくる。

「な、何よ？」

体当たりしてきそうな菜月をよけながら私は訊いた。

「け、今朝、バ、バスでぇ、私の前に、だ、誰が立ってたと思います？」

息切れしながらも、菜月は気味悪いほどニヤニヤしていた。

「誰よ？」

私は素っ気なく訊き返した。

「本田さんの弟さんですよ！　耕治くん！」

「耕治？」

「そう。耕治くんがぁ、私の前にずっと立ってたのぉ～」

菜月が身もだえするように腰をくねらす。

私は、そんなことか、と呆《あき》れて、さっさと歩き出していた。しかしそのあとを追ってくる菜月の興奮が治まらない。

「いつもは、ほら、耕治くん、大学行きのバスに乗るから、私は『町民ホール前』のバス停に立ってる耕治くんを、バスの中からちらっと眺められるだけじゃないですかぁ～。それも月曜日と木曜日だけだしぃ～。いつもは顔も上げてくれないしぃ～。なのに今朝は、私のバスに乗り込んできたんですよぉ～。その上、お金払って、ずんずん私のほうに歩いてくるしぃ〜。そんで、すっと私の前で立ち止まって、私の上にあるつり革摑《つか》んだんですよぉ〜。私の上にあるやつですよ！　私、あんまりびっくりしちゃって、停車ボタン押しそうになっちゃいましたよぉ〜」

私はふり返ると、改めて呆れ顔を作ってみせ、「耕治だって、つり革くらい摑むでしょ」と苦笑した。

「でもぉ、なんで耕治くん、今朝は私のバスに乗ってきたんだろう？　私、乗ってくるの知ってたら、もっとちゃんと化粧してきたのにぃ〜」

耕治と同じバスに乗ってきたことがよほど嬉《うれ》しかったのか、菜月の足取りがどことなくスキップに近い。

「本田さん、知ってたんでしょ？」

「何を？」

「だから、耕治くんが今朝、私のバスに乗ってくること」

「知らないわよ。その前にね、私のバス、私のバスって……」

「あ〜ん。耕治くん、明日も乗ってくるのかなぁ。本田さん、訊いといて下さいよ」

「いやよ」

「どうして〜」

こうやって菜月のような女の子に、弟の話をされることには慣れている。もちろん悪い気はしないし、どちらかというと、その女の子以上に浮かれてしまうことがないこともない。ただ、そこをじっと我慢して、「うちの弟なんて、どこにでもいる、ただの学生じゃない」と言い放つ。すると、たいてい女の子たちは、「いいなぁ、本田さんは。家に帰ると、耕治くんがいるんだもんなぁ」と羨《うらや》ましそうに腰をくねらす。

実際は、大学に入学して以来、弟はカンポ・ペケーノ闘牛場近くに借りたアパートで一人暮らしをしているのだが、週に一度は私の手料理を食べに実家に戻ってくるので、彼女たちにはそのまま羨ましがらせている。

「冬休みにバイト始めるとか言ってたから、それなんじゃないかな」と、私は菜月に言った。

ちょうどオフィスビルに入るところで、すっと開いた自動ドアの向こうからムッとするような温風が流れ出てくる。

「バイト？　な、何やってるんですか？　私、行く」

「行くって、どこに？」

私は思わず吹き出した。

「喫茶店とか、レストランとかのウェイタージャないんですかぁ？」

菜月が悲壮感たっぷりに尋ねてくるので、「宅配便の仕分けだって言ってた。港にある倉庫らしいから、行ってみれば？」と、私はふざけてそう言った。


私と弟は、年が四つ離れている。おかげで幼いころから喧嘩《けんか》というものをしたことがないし、近所の人たちや親戚《しんせき》のおばさんたちが、いくら耕治だけを可愛《かわい》がろうと、自分がないがしろにされている気にはならず、逆に、息子を褒められる母親のような、どこか誇らしい気持ちでいられた。

弟は小学校、中学校とサッカー部だった。高校になっても続けるかと思っていたが、急にギターに興味を持ち、サッカー部を辞めて、友達とバンドを組んだ。一度だけ、弟が出演したライブを見に行ったことがあるが、姉の贔屓《ひいき》目に見ても、決して巧《うま》いバンドとは言えず、その代わりに味があるかといえば、やはりそうでもないようだった。

ただ、ライブ会場は女の子たちで満員だった。その誰もが自分の弟を見に来ているのは間違いなくて、ライブが終わり、会場をあとにするときには、私を追いかけてきた女の子たちから、「あの、これを耕治さんに渡してください」と、手紙やらクッキーを渡された。

「分かった。ありがとね」

そう言って会場を立ち去る自分の背中を、女の子たちが見ているのだと意識していた。正直、ちょっと愉快だった。しかし、その背中に女の子たちの声が聞こえた。

「ほんとに、あれ、耕治くんのお姉さんだよね？」

「なんか、想像と違ってたね」

「私、もうちょっと派手な感じの人かと思ってた」

悪気はなかったのだろうが、気がつくと、私は少し急ぎ足になっていた。

菜月とそろって職場に入ると、私はすぐに給湯室に向かった。朝のコーヒーくらい、頼めば菜月が淹《い》れてくれるのだが、必ずちょっと薄かったり、ちょっと濃かったりする。

最初の数日は、私がコーヒーを淹れていると、「私がやりますよ」とすぐに菜月が顔を出していたのだが、「いいの。朝、コーヒーの香りをかぐと、一日気分がいいのよ」などと、適当な嘘《うそ》をついているうちに、朝のコーヒー係は継続して私の担当ということになっていた。

毎朝、淹れ立てのコーヒーがデキャンタに半分くらい溜《た》まったころ、営業主任の安藤さんが出勤してくる。自分のデスクにポンと鞄《かばん》を投げて、まっすぐに給湯室にやってくることもあれば、目の前のデスクにいる荒木くんと、昨夜の野球の結果だの、サッカーの結果だのについて、一言二言感想を述べ合い、「そうなんだよなぁ。あそこで一点入ってれば、流れが変わったんだよ」などと言いながらやってくることもある。

今朝もちょうどデキャンタのコーヒーが半分の線を越えたころ、「おはよっ」と大きな声が聞こえて、安藤が給湯室に顔を出した。

「おはようございます」

「本田さん、今日も牛乳買ってきた？」

「だから、毎朝、訊かなくても買ってきてますって」

「あ、そうだった。じゃあ、俺、いつものやつで」

安藤はそれだけ言うと、いつものように喉仏《のどぼとけ》をコリコリッと掻《か》いて、「さぁて、荒木、コーヒー飲んだら、早速、外回り行きますかぁ」とフロア中に聞こえるような大声を出してデスクへ戻り、のんびりとあくびをしている荒木くんの背中を叩《たた》いた。

安藤の「いつものやつ」というのは、カップに砂糖なしのコーヒーを半分と、私が買ってくる牛乳を半分入れたカフェ・オレで、私が初めて牛乳を買ってきた朝、「本田さん、それ残すんだったら、俺に五十円で売ってよ」と言われたのが最初だった。

「いいですよ。あげますよ」と私は言った。

安藤は、「いいの？　じゃあ、遠慮なく」と、私が半分残していた牛乳瓶を掴み、ドボドボと半分ほどコーヒーの入った自分のカップに注ぎ足した。

その様子を眺めていて、私は高校のころ、陸上部の先輩だった聡史《さとし》が、同じようなことをマクドナルドでやったことを思い出した。たしか高校総体の最終日で、みんなでサンタ・クララ広場のマクドナルドに寄って、ささやかな打ち上げをしたときだ。階段を上がってきたタイミングで、なぜかしら私が聡史の隣に座っていた。私がパックのミルクを半分ほど残したままにしていると、「これ、もう飲まないの？　まだ入ってるよ」と言いながら、聡史が私のミルクパックを乱暴にふり、

「はい。もう」と私が答えたときには、そのパックを歯で嚙《か》み千切り、半分ほど残っていた自分のコーヒーカップに、ドボドボと注ぎ足したのだ。

「あれ、小百合《さゆり》、もしかして照れてない？」

同じテーブルに座っていた直子が、そう言ってすぐに茶化してきた。未《いま》だに覚えているが、そのとき直子も、私と同じようにミルクを注文していて、同じようにまだ飲み干してはいなかった。

「やめてよ」と私は言った。

自分では「馬鹿じゃないの」と、少し呆れた調子で言ったつもりだったのだが、その場にいた人たちにはそう伝わらなかったようで、ちょっと不憫《ふびん》そうなみんなの視線が、一斉に私に向けられた。

聡史にはちゃんと彼女がいた。もしも日本の高校にもプロムがあれば、間違いな

くその年のキングとクィーンに選ばれるような、まるでその学年を代表するようなカップルだった。

2・イヤな女にはなりたくない

給湯室から戻ってデスクにつくと、すぐにパソコンを立ち上げてメールをチェックする。デスクトップ画像には、母が亡《な》くなる半年ほど前に、家族で温泉に出かけたときの写真を使っている。懐石料理を前に微笑《ほほえ》んでいる父と母、父の後ろにはすっぴんの自分がいて、その隣では湯上りの弟が中腰になっている。お揃《そろ》いの浴衣《ゆかた》姿で、仲居さんに撮ってもらったせいもあるのか、みんなどこか緊張している。

会社の人たちには、「これ、母と最後に写した写真なんですよ」と言っているのだが、どちらかというと、母の写真を飾るためというよりは、自分の家族、とりわけ弟の姿を梅木や菜月たち女性社員たちに見せたいという気持ちが強い。事実、菜月などはこの写真を昼休み中、じっと眺めていることもある。

開いた受信ボックスには六通のメールが来ていた。そのうち三通は楽天やＪＣＢ

からの広告で、あとの二通が取引先から、そして最後の一通が『お願い！』というタイトルの直子からのメールだった。

高校で同じ陸上部だった直子とは、進学した短大も同じだったこともあって、未だに月に一度くらいのペースで食事に行ったりしているし、ふたりで短い旅行に出かけることもある。


ほんとに行かないの〜。なんでよ〜。一緒に行こうよ〜。お願い！ 私ひとりじゃ、行きづらいじゃないのよ〜。聡史先輩も今年は参加するらしいし。ね？ お願い！ 会費は私が持たせてもらいますから〜！

ＰＳ。ハガキには別になんも書かれてなかったよ。


先週の金曜日に直子からのメールが届いた。なんでも年末に陸上部の同窓会がドン・ペドロ４世広場に面した居酒屋で開催されるらしく、発起人が同級生の真木くんなので、私たちの学年を中心に集まるということだった。

その数日前に、真木から自宅にも案内状が届いていた。ハガキの余白に「元気？

久しぶりに会おうよ！」という走り書きがあって、その下に小さ目の文字で、携帯番号も書かれていた。ハガキにちゃんと連絡先（おそらく真木の自宅）が載っているにもかかわらずだ。

実は高校一年のころ、真木に付き合ってくれと告白されたことがあった。正直、かなり驚いた。いや、驚いたというよりも、かなりショックで、返事もできずにその場から逃げ出した。そのときは自分が何に対してこんなにもショックを受けているのか分からなかったが、自宅に駆け戻ってベッドに倒れこみ、しばらく天井を見つめているうちに、その原因がはっきりしてきた。

当時、高校生になったばかりで、校内のあちこちでいろんなカップルが誕生していた。とても十六歳には見えず、ちょっと大人びていた綾《あや》ちゃんは、三年生の応援団長とくっついていたし、お母さんが元モデルだった千佳《ちか》ちゃんは、サッカー部でも一番かっこよかった大賀くんと付き合ったりと、あちこちで出来上がるカップルには、どこか「ああ、なるほどね」と思わせる何かがあった。

正直に言うと、生まれて初めて告白されたのが真木だった。小学校のときも、中学校のときも、「〇×くん、小百合のことが好きなんじゃない」と言われたことぐらいはあったが、正式に告白されたことはなかった。どんな男の子が自分に告白してくるのか？　ずっと想像していた。もちろん白馬の王子なんかを想像していたわけではなくて、もっと現実的に、たとえば自分のクラスであれば、どれくらいのレベルというか、ポジションの男の子が自分にはふさわしいだろうかと考えていたのだ。

真木の告白から逃げ帰って、しばらく天井を見つめているうちに、急に涙がこぼれてきた。なんだか、ひどく世の中に馬鹿《ばか》にされているような気がしたのだ。ただ、事実は曲げられない。三年の応援団長が綾ちゃんを選んだように、大賀くんが千佳ちゃんを選んだように、私は真木に選ばれたのだ。クラスでもまったく目立たない、女の子たちの話題の端にも挙がらない、真木に選ばれたのだ。

翌朝、私は何事もなかったかのように真木にあいさつした。少しきょとんとしていたが、真木はそれですべてが分かったようで、「……あ、うん。おはよう」と静かに微笑み、階段を転びそうになりながら駆け上がっていった。

かなり長いあいだ、直子からのメールを開いたり、閉じたりしていたらしい。横ですでに仕事を始めていた梅木に、「本田さん？」と声をかけられ、やっと電話が鳴っていることに気がついた。

電話は、プラゼーレス墓地に近い新規の客の元へ、ソーラーシステム設置に向かっている若い作業員からで、「電話番号が間違えて記入されてるみたいなんですよ。悪いんですけど、本田さんのほうで、ちょっと調べてもらって、そっちから直接『あと十五分ほどで到着します』って連絡入れといてもらえませんか？」と早口で捲《ま》くし立てる。

私は話を聞きながらも顧客リストを捲《めく》り、「822の4318が間違ってるの？」と尋ね返した。

「え？　もう一回、言ってもらえます？」

「822の4318」

「ああ。こっち、4388になってる」

若い作業員がそう答えながらも、一向に電話を切ろうとしないので、「分かった。こっちからかけとくよ。あと十五分後でいいのね？」と私は訊《き》いた。

「いや、もう十分で着いちゃいますね」

電話を切って、すぐに顧客に連絡を入れた。のんびりした口調の奥さんが出て、あと十分で到着しますと伝えると、「あら、大変。まだ、髪もとかしてないわ」と、妙なことに気を遣う。

「大丈夫ですよ。ちょっと挨拶《あいさつ》に伺って、あとは作業員たち、そのまま屋根に上がらせてもらいますから」

電話を切ると、外回りに出かけようとしていた安藤主任が、「どこ？」と心配そうに声をかけてくる。

「吉永さんです。北見霊園の近所の」と私は答えた。

「え？　吉永さんとこの設置って、まだやってなかったんだ？」

「そうなんですよ。なんか何度も日程変更があって」

「なんかあったの？」

「いえ、いったん日にちを決めても、必ずその前日に、延期してくれって電話があって」

私が呆《あき》れてみせながらそう言うと、安藤は「お疲れさま」とでも言うように、いつもちょっとだけ上向きの口角をさらに上げて、にっこりと微笑んでみせた。

「あ、そうだ」

安藤がとつぜんそう呟《つぶや》いて、私のほうに近寄ってくる。そしてぴったりと私の隣に立つと、横にいる梅木にいちおう聞こえないように、「あのさ、今晩ヒマじゃない？　うちの奴《やつ》から本田さんを夕食に誘うように言われてたんだ」と声をひそめる。

「今夜ですか？」と私も声をひそめた。

特に用はなかったが、ちょっと迷うふりをした。

「忙しい？」

「……いえ」

「あ、そう。じゃあ、来てよ。早速うちのに連絡入れとくから」

安藤はポンと私の肩を叩き、そのまま荒木くんを引き連れて、外回りへと出かけていった。

横でふたりのやりとりを聞いていたらしい梅木が、「また？」とパソコン画面を見つめたまま呟き、私が何も答えずにいると、「また、主任の奥さんの話相手させられるんだ？」と、今度は露骨に顔をしかめてみせる。

「本田さんも付き合いいいよね。いくら主任の奥さんが高校の先輩だからって、壊れかけた夫婦の仲を取り持ってあげるなんて、私にはできないわ」

「別に、取り持つとか、そういうんじゃないんですって。ただ……」

「ただ、何よ？」

「だから、なんていうか、亜希子さんもずっと家にいるから、たまには誰かと話もしたいんだろうなって」

「その相手をしてやるのが旦那《だんな》じゃない。何も本田さんが……」

「だから、亜希子さんは高校の先輩だっただけじゃなくて、短大のころもずっと同じ割烹《かっぽう》料理の店でバイトしてて、一番仲良かったし……」

「そりゃ、分かるけど……でも、だからって……」

　同じ割烹料理店でバイトしていたとき以来、久しぶりに亜希子と再会したのは、安藤の結婚式の二次会だった。もちろん、その前から安藤の婚約者が亜希子だということは知っていたが、実際に会って言葉を交わしたのはそのときが久々だった。

　亜希子は驚くほど昔と変わっていなかった。高校のころ、音楽室への廊下を、体育館への渡り廊下を、そしてグラウンドを、聡史と並んでスキップするように歩いていた、あの亜希子とまったく変わっていなかった。

結婚式の二次会で久しぶりに会ったとき、よほど式や披露宴で緊張していたのか、私の顔を見るなり、なんと亜希子が泣き出した。他にもたくさん友達がいたにもかかわらず、私を見つけて近寄ってくるなり、「小百合ちゃん。……ありがと。来てくれて、ほんとにありがと」と涙をこぼしたのだ。一瞬、呆気《あっけ》に取られたが、よくよく話を聞いてみれば、たしかに短大の友達は大勢いても、高校時代の友達は一人も呼んでいないようで、その中で新郎側の招待客とはいえ、自分の高校時代を知る私に会えたのがうれしかったらしい。

もちろん言葉にはしなかったが、亜希子としては、誰よりもこの結婚を自分の高校時代を知る人に見せたかったのだろうと思う。なぜなら聡史が東京の大学に合格し、この街を離れるとき、どんな話し合いがあったにしろ、傍《はた》から見れば、間違いなく彼女のほうが聡史に捨てられた可哀相《かわいそう》な女だったわけで、そのイメージを、この小さな街で払拭《ふっしょく》するには、きらきらと輝き目立っていたカップルだっただけに、そうとう時間がかかったに違いない。

そしてやっと、そのイメージを払拭できるだけの相手に、亜希子は巡り合ったわけだ。

結婚して一年ほどはうまくいっていたようだった。ただ、二年目に入った今年の初めころから、今日のように安藤から食事に誘われるようになった。

三人で食事をしていると、亜希子は必ず高校時代の話をしたがる。私に自分と聡史がどれくらい輝いていたかを、無理やり話させようとするのだ。

最初は私も安藤に気を遣って、当たり障《さわ》りのない程度で話をしていたのだが、注意深く見ていると、亜希子がどんなにきわどい話をしようと、安藤はまったく興味がないらしく、最近、大口の契約が取れた話など、亜希子には理解できないような話にさっと話題を変えたりした。

それでも私が食事に行ったあとは、亜希子の機嫌は良いらしく、翌朝、会社で顔を合わせると、安藤は必ず、「昨日は助かったよ。また来てよね」と私に言うし、亜希子からも『今度はいつ来れる？』と誘いのメールがひっきりなしにやってくる。

亜希子にとって、私はただの観客なのだろうと思う。高校のころは、聡史と舞台に立ち、そして今は、夫である安藤と舞台に立っている自分を、誰かに見てもらいたいのだろうと思う。そして私は、昔からその観客なのだ。憧《あこが》れるような眼差《まなざ》しを舞台に向け、ちゃんと拍手を送ってあげる、花束を抱えた女なのだ。

分かりましたよ。同窓会、行きますよ。でも、ほんとに会費は直子持ちだからね！　でもさ～、同窓会に行くようになったら女も終わりだって言ってたの、あんたじゃなかった？

気がつくと、目の前のメールにこんな文章を書いていた。もちろん直子への返信だったが、カーソルを送信ボタンに持っていきながら、頭に浮かんでいたのは、グラウンドの隅っこで何度も靴ひもを結び直している聡史の背中だった。

3・どちらかといえば聞き役

会社の誰もが知っていることなのだけれども、こうやって安藤と時間を合わせて退社するときは、どこかやましい気がしてならない。

現場で設置に当たる作業員を含めても、社員数三十人ほどの、主にソーラーシステムを扱う家族的な会社なので、私と安藤の妻が友達だということは有名で、退社後に私が安藤の運転する紺色のフィアットの助手席に乗り込んでも、誰もヘンな噂《うわさ》を立てる者はいない。ただ、私だけがどこかやましい気持ちになっていて、ちらっ、ちらっ、と席を立ち上がるタイミングを確認するように安藤から送られてくる視線を感じるだけで、この場からすぐにでも逃げ出したくなってしまうのだ。

七時を過ぎて、ほとんどの社員は退社していた。がらんとしたフロアに残っているのは、私と安藤以外では、外回りから戻っていつものようにデスクに覆《おお》いかぶさるように日報を書いている荒木くんと、こちらもいつものように明日でもいいような伝票整理をこつこつと続けている梅木ぐらいで、すでにフロアの奥のほうの電気は消され、乱雑に書類の積まれたデスクがいくつも、そのうす暗がりのなかでじっとしている。

荒木くんが日報を書き終わるのを待って、「おつかれ。……あ、えっと、本田さん、そろそろ出られる？」と安藤が訊いてきた。

「はい。大丈夫ですよ」と、私はパソコン越しに少し大きな声で返事した。

「梅木さんも一緒に出られるんなら、途中まで車で送ってくけど」

安藤が伝票の金額をものすごい速さで打ち込んでいる梅木に尋ねる。梅木はその手を休めないで、「いえ、もうちょっとかかりそうだから、私は大丈夫です。ありがとうございます」と早口で言った。

さっさとコートを着て、タイムカードを押していた荒木くんが、「じゃあ、お先に失礼しま〜す」と間延びした挨拶をし、あっという間にオフィスから飛び出していく。

私は安藤とタイミングを合わせるように、パソコンを切り、席を立ち、コートを羽織った。

安藤は二言、三言、言い訳でもするように、「キリのいいところで切り上げていいからね」と梅木に声をかけ、私を待たずに廊下へ出て行く。私はハンドバッグに携帯電話をしまうと、「じゃあ、お先に失礼します」と梅木に声をかけ、小走りに安藤のあとを追う。

「あ、本田さん」

ドアを開けようとすると、梅木から呼び止められた。

「私がこんなこと言うのもあれだけど……」

梅木が抑えた声でそう囁《ささや》く。

「え？」

「あの、なんていうか、これ、本当に私の勝手な思い込みだと思って聞いてね」

「あ、はい」

私が素直にうなずくと、梅木はちらっと廊下のほうに視線を向け、「私ね、あんまり深入りしないほうがいいと思う」と言う。

一瞬、何を言われているのか分からず、「はい？」と素《す》っ頓狂《とんきよう》な声を出してしまった。梅木のほうでも深入りしているのが自分のほうだと気がついたのか、「あ、ごめんごめん。なんでもないのよ」と笑ってごまかし、「お疲れさま」と話を打ち切った。

エレベーターの前にボタンを押そうか押すまいかと迷っている安藤の背中があった。私は、「お疲れさまです」と梅木に声をかけてドアを開けた。ドアを開けたとたん、安藤が慌《あわ》ててボタンを押す。

オフィスビルに隣接した立体駐車場から安藤のフィアットが出てくるのを待つ間、ぱらぱらと雨が降ってきた。隣に立っていた安藤も自分の手の甲に落ちてきた雨粒に気づき、夜空を見上げると、「雨だ」と、なぜかしらちょっと嬉《うれ》しそうに顔をゆがめる。

「傘、持ってきましょうか?」と、私は訊いた。

「あ、いいよ。さっと乗り込んで、玄関先まで車つけるから」

安藤の手の甲は、夏でも冬でも日に灼《や》けている。自分では「営業職の勲章でしょ」とふざけているが、その灼けた手の甲を見るたびに、私は何か安藤の秘部を見せられるようではっとする。

やっと立体駐車場を降りてきたフィアットの助手席に乗り込むと、安藤がエンジンをかけたとたんに、大ボリュームで音楽が鳴り出した。ボリュームを下げようと、慌ててステレオに伸ばした安藤の腕が、誤ってクラクションを鳴らしてしまった。「ファン！」と鳴ったクラクションが、立体駐車場の空洞に反響する。

用心深く立体駐車場を出て、車がガレット通りを走りはじめると、本格的に雨が降り出した。フロントガラスの雨粒がワイパーで削り取られ、その先に雨に濡《ぬ》れた街が流れる。

オフィスビルの並んだガレット通りには、さまざまな路線のバス停が並び、色とりどりの傘を差した人たちが、通りの車列をぼんやりと目で追っている。

小さな街なので、注意深く見れば、誰か知り合いの顔を見つけることもできる。直接の知り合いでなくても、知り合いの妹とか、通っている歯医者の奥さんとか、誰かしら「あっ」と思える人が立っている。こちらが「あっ」と思うのだから、もちろん向こうも私を見れば「あっ」と思うわけで、そのたびにこの街の地図が一瞬ギュッと縮むような感覚に襲われる。

大手企業の支社が並ぶガレット通りを抜けると、石畳の路地に入る。路地の両側には戦後にあった闇市《やみいち》のなごりで、路上に平板を広げて果物や野菜を売っている露店が並んでいる。車がやっとすれ違えるくらいの通りなので、歩行者の傘がときどきフロントガラスに当たりそうになる。

「俺が初めてこの街に来た日、雨だったんだよ」

几帳面《きちようめん》にハンドルを切りながら、安藤がとつぜんそう言った。

「夜行列車で着いたんだけど、俺、ずっと眠ってて。おふくろに起こされて、目を開けたら、まだ夜だと勘違いするくらい窓の外が暗くてさ」

「中学生のときでしたっけ？　安藤さんが引っ越してきたの」と、私はハンドルを握る安藤の手を見つめながらそう訊《き》いた。

「そう。小学校の春休み、というか、中学校の春休み？　あれってどっちなんだろな？」

「中学校に上がる春休み。それでいいんじゃないですか」と私は笑った。

「……とにかく、なんていうか、この街の印象って、ずっと雨なんだよな。雨が似合うっていうか、雨が降ってないと、この街じゃないっていうか」

巧みなハンドル捌《さば》きで果物や野菜が盛られた平板を避けながら、安藤もそう言って微笑《ほほえ》む。

やっと狭い路地を抜けて、車がサン・ロケ教会の前に出る。名前は違うが、実際に教会が建っていて、赤煉瓦《れんが》が積み上げられた長い塀沿いの道は、私がこの街で一番好きな場所でもある。

「そういえば、今日はしゃぶしゃぶやるって、亜希子の奴《やつ》、はりきってたよ」

赤信号で停まった車内に、安藤の声がこもる。外はあっという間にどしゃぶりになっており、まるでふたりだけ、雨の中に閉じ込められているようだ。

「いつも悪いとは思ってんだけどさ」

ゆっくりとアクセルを踏みながら、安藤がちらっと私のほうに視線を向ける。すでに赤に変わっている横断歩道を、傘もささず学生服をずぶ濡れにした中学生の男の子たちが、まるで踊るように渡っていく。

「私のことだったら、ぜんぜん気にしなくていいですよ。私のほうこそ、いつもご馳走《ちそう》になって悪いなぁって思ってるんですから」

「そう言ってもらえると、ほんとホッとするよ。……本田さんだって、忙しいんだからって、いつもあいつに言うんだけどさ」

安藤が何かを確認するように、私のほうに顔を向ける。

「ほんとに大丈夫ですって。それに、もし嫌だったら、ちゃんと断りますし」

「ほんとに都合が悪かったら、いつでも断ってくれていいからね」

濡れたフロントガラスには前の車のテールライトが赤く滲《にじ》んでいる。


安藤が結婚を機に購入した新築の一軒家は、耕治が借りているアパートから車で一分ほどの距離で、ちょうどカンポ・ペケーノ闘牛場を挟むようにある。耕治のアパートがある南側のほうは、まだ未開発で古い民家が建ち並んでいるのだが、安藤が暮らす北側は小高い丘を切り開くように整地され、電信柱もないような真新しい新興住宅地が広がっている。

安藤の家はそのほとんど中心にある。木造二階建ての白壁の家で、駐車スペースから玄関へと続く階段には、亜希子の趣味なのか、陶器で作られたうさぎの置物が並べてあって、今日のようなどしゃぶりの日に見ると、それら濡れたうさぎはどこか不気味に見えなくもない。

安藤に促されて玄関に入ると、エプロン姿の亜希子がすぐに廊下の奥から走り出てきて、「急に降りだしたねぇ。大丈夫だった？　濡れたでしょ？」と早口で捲《ま》くし立ててきた。毎日のことなのか、安藤はまったく慣れた様子で、「ああ」「いや」を繰り返しながら靴を脱ぎ、さっさと奥のリビングのほうへ歩き出す。

「ごめんねぇ、無愛想で」

靴を脱ぐ私の肩に手をおいて、亜希子がちょっと顔をしかめて見せる。

私はさっき車の中で、「この街の印象って、ずっと雨なんだよな」と微笑んだ安藤の横顔を思い出しながらも、「会社でも、厳しい上司だから、慣れてますって」と亜希子に嘘《うそ》をついた。

いつ来ても、この家は完璧《かんぺき》に掃除がされている。玄関にも廊下にも塵《ちり》一つ落ちておらず、まるでモデルルームに仮住まいしているような印象がある。

ダイニングに入ると、すでにしゃぶしゃぶの準備がされていた。いつものように台所から勝手にビールを持ってきた安藤がいつもの席に座り、「さぁ、座ってよ。飲むでしょ？」と私のグラスにビールを注いでくれる。

「あ、そういえば、今度、陸上部の同窓会があるんでしょ？」

卓上コンロに火をつけながら、亜希子が尋ねてくるので、「ええ。あれ、でも何で知ってんですか？」と私も尋ね返した。

「さっき、そこのマイカルで直子ちゃんとばったり会って」

「直子と？」

「そう。やけに熱心にキャベツを品定めしてる人がいるなぁって思ったら、直子ちゃんなんだもん。今日はお父さんに親孝行するんですよって言ってたけど、直子ちゃんのお父さん、この辺に住んでるんだね？」

「マイカルの裏に公団あるじゃないですか。あそこに今、一人で暮らしてるんですよ」

「直子ちゃんのお父さん、警察官だったよね？　再婚したんじゃなかったっけ？」

「再婚しそうだったんだけど、直子が反対しちゃって。それで直子もちょっと責任感じてんじゃないですか？」

直子の両親は高校のころすでに離婚していた。ただ、高校を卒業するまで、直子はその話を誰にもしなかった。一年ほど前だったか、私のバースデー割引を使って一緒に北海道へ旅行に行った夜、「お父さんに好きな人がいるみたいなんだよねぇ」

と直子にうんざりした顔で相談された。

「小百合んとこは？　まだ、お父さんに女の影ない？」

「うちはないよ。だって、お母さんがいなくなって、まだ一年も経《た》ってないんだよ」

「時間じゃないんだって、男と女は」

　このとき、直子は父親の再婚に反対しているとも賛成しているとも言わなかったが、結果を見ると、あのあと強固に反対したらしい。

「ヘンな話だけど、お母さんが再婚するならいいのよ。でも、お父さんの再婚となると、なんか、妙にこっちも意地になっちゃって……」

　多少、反省もしているのか、その一件があってから、直子はヒマがあると父親の家を訪ね、あまりうまくもない手料理を振舞っているらしい。

　食事中、私と亜希子の会話に安藤が口を挟んでくることはほとんどない。ただ、じっと聞いているというよりも、一刻も早く食べ終わってリビングのソファへ逃げ出そうと、黙々と箸《はし》を動かしている。

亜希子の話題は、買い換えたばかりらしい寝室のカーテンの話から、今はまっているというテレビドラマの話まで、何の脈略もなくころころと転がっていく。まるで前回私がここに来てから、誰とも口をきいていなかったかのように、その間にあったさまざまな出来事を思い出す順番で話し続ける。そしてたまに話題が尽きると、「いいよねぇ、小百合ちゃん。外で働いてると、毎日刺激があるし……」などという。

もちろんすぐに、「だったら亜希子さんも働けばいいじゃないですか」と言うのだが、そのたびに亜希子はちらっと安藤のほうに視線を向け、「だって、うちにいてほしいんだもんねぇ」と甘えた声を出す。

結局、こういう場面を誰かの前で演じることを亜希子は欲しているのだろうと思う。そうすることによって、自分が幸せな毎日を送っているのだと確認したいのだと。

さっさと食事を終えた安藤は、いつも襖《ふすま》の裏に隠れてジャージに着替える。育ちがいいのか、ジャージに着替えてから食事をしたところは見たことがない。ジャージに着替えると、安藤はリビングのソファに座ってテレビをつける。やっとこの空間に亜希子以外の声が響くようになる。

「なによ、せっかく小百合ちゃんが遊びに来てくれてるのに」

毎回、亜希子はそんな安藤の背中に悪態をつくが、安藤のほうも慣れたもので、

「まぁ、あとは女同士、楽しくやってよ」などとこちらをふり向きもしない。

「小百合ちゃん、ワイン飲まない？」

安藤が使った皿や茶碗《ちゃわん》を重ねていた亜希子に訊かれ、「あ、今日はいいです」と私は答えた。飲みたくなかったわけではなくて、さっき耕治のアパート前を車で通ったとき、ふと、たまには寄ってみようかと思ったのだ。

「そう？　せっかくいいワイン買ってきたのに」

「今度、飲ませてくださいよ」

「そう？」

亜希子がつまらなそうに重ねた皿を台所に持っていく。

「ねぇ、それで小百合ちゃんも同窓会行くんだよね？」

台所から水音に混じって亜希子の声がした。

「ええ。強引に直子に誘われちゃって」

「……今年は聡史も来るんだって？」

亜希子の言い方はとても自然だったのだが、それがわざと自然に出された声だということは私にも分かった。私はちらっとリビングのほうに目を向けた。ただ、お笑い番組を見て笑っている安藤の背中に変化はなかった。

「来るみたいですね。直子がそう言ってました？」

私がそう応《こた》えると、水音が消えて、亜希子がエプロンで手を拭《ふ》きながら戻ってくる。

「あ〜あ。こんなことなら、私も何か部活にでも入ってればよかったなぁ」

そう言いながら、元の席についた亜希子が、少しだけ声を抑えて、「変わってるかな？」と私の顔を覗《のぞ》き込んでくる。

「え？」

「だから、聡史よ。すっかりおじさんになってたりして」

高校卒業後に別れて以来、ふたりは会っていないらしかった。狭い街なので、お互いにお互いの噂《うわさ》は耳にしているはずで、亜希子が結婚したことも聡史は知っているだろうし、大学を卒業して大手旅行代理店に就職した聡史が未《いま》だ独身であることは、亜希子に限らずこの私だって知っている。

「同窓会、いつ？」

亜希子に訊かれ、「えっと、たしか28日じゃなかったかな」と私は答え、なんとなくリビングの安藤のほうにまた目を向けた。しかし安藤は相変わらずお笑い番組を眺めながら、足の爪《つめ》を切っていた。


それから三十分ほど、亜希子と紅茶を飲んで過ごした。ちょうどお笑い番組が終わったこともあって、「本田さん、もしあれだったらそろそろ送っていくけど」と安藤がソファを立ち上がる。このあと弟のアパートに行くつもりだからと私が答えると、「そっか。まぁ、それにしても車で送るよ」とテーブルに置かれていた鍵《かぎ》の束をとる。「いえ、ほんとに歩いてもすぐですから」と私は再度断ったのだが、「送ってもらいなさいよ。この前、そこの通りで小学生の女の子が、ヘンな男に声かけられたらしいから」と亜希子が口を添えた。

仕方なく、私は安藤の運転する車に再び乗った。雨はまだ上がっておらず、玄関先のポーチに立ち、こちらに手を振っている亜希子の姿もぼんやりとしか見えない。

「なんか、近いのに、わざわざすいません」

「いや、いいよ。お礼言わなきゃならないのはこっちなんだから。しかし、あれでストレス発散になるんだよなぁ」

「だから、私は好きで来てるんですって」

そんなことを言い合っているうちに、あっという間に車は闘牛場を回り、耕治のアパートが建つ通りへと入っていく。

「なんか、この前も言いましたけど、やっぱり安藤さんって、こうやってジャージ着てるときとスーツ着て会社にいるときって、ほんとにイメージ違いますよね」

言い出したタイミングが悪く、車はすでにアパートの前に停まっていた。言い出さなければ、「今日はごちそうさまでした」とすっと降りられたはずが、なんとなく安藤の返事を待たなければならないような雰囲気になる。

ちょっと間があって、安藤はエンジンを止めた。

「そうかな？　そんなに違う？　これ、かなり年季入ったジャージだからな」

そう言って笑う安藤の表情には、さっきまで亜希子に見せていた不機嫌さがない。

「……実はその話さ、亜希子にもしたんだ。本田さんがそう言ってたって。そしたら亜希子のやつ、『だったら、私はきっとスーツ姿のあなたと結婚したのね』なんて言ってた」

何か言葉を返そうかと思ったが、何も浮かんでこなかった。

「ちなみに訊《き》くけど、本田さん的には、ジャージとスーツ、どっちがイケてる？ 俺、ジャージも悪くないと思ってんだけどなぁ」

安藤はハンドルを握ったままだった。私はまっすぐに雨が流れていくフロントガラスを見つめていた。

「どっちもイケてますよ。今日はごちそうさまでした」

慌《あわ》てて答えて車を降りた。「あ、傘！ 傘！」と叫ぶ安藤の声が聞こえたが、力いっぱいドアを閉め、耕治のアパートに駆け込んだ。

三階まで階段を駆け上がったせいで、息が切れていた。階段の踊り場に窓があり、安藤の車が走り出すのが見えた。安藤の質問に深い意味がないことが分かっていたのに、深い意味もなくすらっと答えられなかった自分が恥ずかしかった。

息を整えてから、耕治の部屋のチャイムを押した。安藤の家で食事をしている最中に、あとで寄るからとメールを打っていたので、チャイムが鳴ったとたんに、「開いてるよ！」という声が聞こえる。

「鍵くらい、ちゃんとかけときなさいよ」

姉らしく注意しながらドアを開けると、狭い部屋全体が見渡せるのだが、一瞬、ドアノブを握っている手がビクッと震えた。窓際《まどぎわ》に置かれたベッドに耕治の姿があるのに、その手前、玄関ドアのすぐ横で、何かがさっと動いたのだ。

驚いた私に気づいて、「あ、それ、俺の姉貴」と、耕治が流し台でなにやら洗っていたらしい女の子に、私のことを乱暴に紹介する。

「あ、はじめまして。あ、すいません。今、ちょっと洗いものしてて」

女の子が泡のついた手を背中に隠しながら、深々とお辞儀をする。

「は、はじめまして」

私もつられるように深々とお辞儀を返した。すると、ベッドに寝転んでいた耕治がすっと起き上がり、「やめてくれよ、そんなところでかしこまるの」と笑い出す。その笑いにつられるように女の子が微笑《ほほえ》み、仕方なく私もその子に笑顔を返した。

「えっとね、こっちはめぐみ」

耕治が少し照れたように顎《あご》をしゃくる。もちろん、しゃくられた顎の先には、手に泡をつけたままの女の子が立っている。

一瞬、古い蛍光灯のせいかと思った。それくらいめぐみという女の子には精彩がなかった。

4・家族関係は良好

「まだ、お父さんに女の影ない？」と言った直子の言葉ではないが、最近、父に彼女らしい女性ができた。

二年前に母が亡《な》くなって以来、炊事、洗濯と、家のことはすべて私がやっているのだけども、ここ最近、私以外の女性が、我が家の台所に立っていることがある。

台所に立っているのは、海原さんという四十代半ばの女性で、一年ほど前からうちの店で働いている。

「『真琴』のママが、ちょうどいい人がいるから紹介するって言うんだけど……、お前、どう思う？」

父にとつぜんそう訊かれたのは、去年の暮れで、大掃除の最中でイライラしていた私は、「え？　何にちょうどいいのよ？」と半分喧嘩《けんか》腰《ごし》で尋ね返した。

「だから、うちの店の店番に」と、父が同じように喧嘩腰にいう。

「いいんじゃない。どうせ、高い給料出せるわけじゃないんだし、それでOKだって言ってくれる人がいれば、誰だっていいんじゃないの？」

私は台所の上の棚から、結婚式の引き出物らしい重い皿を引っ張り出しながらそう答えた。

「まぁ、俺がちょっと出てるときに、店で蛍光灯やら電池やらを売ってくれるだけでいいんだからな。そうだな、せっかく『真琴』のママが紹介してくれるって言ってんだから、その人にお願いするか」

最近、すっかりベルトに乗るようになってしまった腹を掻《か》きながら、父はそう言って一人で納得していた。

「で、どういう人なの？」

あまりにもあっさり父が決めてしまうものだから、今度は私のほうが心配になって尋ね返した。すでに店に戻ろうとしていた父が足を止め、「ん？　この前まで、なんとかってビジネスホテルで働いてて……」と面倒臭そうに話し出す。

「ホテル？」

「いや、ホテルったって、部屋の掃除とか、そんな仕事だったんだろ」

「いくつくらいの人よ？」

「さぁ、ママと同級生だって言ってたから、四十五、六じゃねぇか？」

「『真琴』のママって、そんなに年いってたんだ？」

棚から箱を引っ張り出して、私はふらふらしながら椅子《いす》を降りた。

父が二代目となる「ホンダ電器店」は、私が毎朝利用する「ジェロニモス修道院前」のバス停から、歩いて一分ほどの場所にある。一階に二十坪ほどの店があり、その奥と二階部分が住居になっている。

子供のころは、店のシャッターを開け閉めして外へ出るのが、とにかく恥ずかしくて仕方なかった。たぶん私なりに「家」というものに対するイメージがあって、それはちょうど安藤が、結婚を機に購入した白壁の建売住宅のようなもので、実際にはシャッターを開け閉めしているにもかかわらず、頭の中では芝生のある玄関ポーチに立っている自分の姿を想像していたし、こんな玄関だから、自分はデートもできないのだと思っていた時期もある。なぜなら、せっかく男の子がデートの帰りに家まで送ってくれたとき、その男の子が見ている前で、中腰になってシャッターなんか開けたくなかったからだ。

「ジェロニモス修道院前」のバス停から、うちの店辺りまでが、いわゆる商店街になっている。商店街と言っても、街の中心地ではないので、個人経営の酒屋、パン屋、八百屋、床屋などが、営業しているのかいないのか分からないくらい、控えめに並んでいるだけで、数年前、バス停前にコンビニができてからは、なおさらその控えめさに磨きがかかっている。

それでもこの界隈《かいわい》の人たちが、とりあえず毎日買い物に出てくるのはこの辺りに違いなく、夕方、この通りを歩いていれば、誰かしらから「あら、こんにちは」と声をかけられる。


耕治のアパートを出たのは、十時を少し回ったころだった。帰りはタクシーでも使おうと思っていたのだが、予期せぬ先客があったせいで、なんとなく居心地も悪く、五分ほど耕治と、海原さんの話をして、まるで逃げるようにそこを出てきた。

私がいる間、めぐみは台所と部屋の仕切りの部分に、小さな座布団《ざぶとん》を置いて座っていた。特に私たちの会話に口を挟んでくることもないのだが、その熱心な目だけがずっとこちらに向けられていて、私のほうから何か質問しないと悪いような、そんな気分にさせられた。

アパートを出たのが早かったので、最終のバスに間に合った。バスでは、市街地の塾に通っているというパン屋の綾乃《あやの》ちゃんと一緒になった。

「どの高校を受けるの？」と訊くと、県立が第一志望だけど、数学が苦手なので、隣町の私立に絞るかもしれない、という。「小百合さんって県立だったんですね？やっぱりせっかくの高校生活を女子高ってのは、もったいないですか？」などとませたことを言い出すので、「うちの弟は男子校だったけど、楽しそうだったよ」と教えてやると、「だってぇ、耕治くんはかっこいいもん。どこにいたって、楽しい青春送れるよぉ」と笑い、「あ、そういえば、耕治くんって、東京の芸能プロダクションからスカウトされてるって本当なんですか？」と、とつぜん訊いてきた。

「スカウト？　どこからそんな話が出るの？」と私が首をひねると、「違うんですか。だって、うちのお姉ちゃんたちがそんな噂があるって」と口を尖《とが》らせる。

「私は、聞いてないけどなぁ」

「それでね、本当はテレビドラマの主演が決まってたんだけど……」

「だけど？」

「これ、私が言ったんじゃないですよ。そういう噂になってるだけ……」

綾乃が口ごもるので、「何よ？」と私はその顔を覗き込んだ。

「なんか、耕治くんの背中には、手のひらくらいの痣《あざ》があって、それでアイドルにはなれないって」

綾乃がひどく真面目《まじめ》な顔でそう告げる。私は思わず吹き出した。まず、耕治の背中には手のひらどころか小指ほどの痣もなかったし、女の子たちの期待というのは、こうやって広がり、こうやって何かしら自分たちに納得のいく理由がついて、萎《しぼ》んでいくのだと分かったからだ。


シャッターを開けて、店に入ると、すでに明かりは消されていた。レジも開かれ、中には一円も入っていない。

「お父さ〜ん！　海原さん、もう帰ったの？」

奥に声をかけると、「ああ、鍵《かぎ》、閉めていいぞ！」と父の声が返ってくる。

夕方、会社から「今夜少し遅くなる」という連絡を入れた。電話に出たのは海原さんで、「あら、そうなの。ごはんは？」と訊いてくる。

「食べてきますから」と私は答えた。

「あら、そう。じゃあ、私、台所借りていいかしら？」

「ぜんぜん、いいですよ。逆にお願いしちゃいます」

「そう？　じゃあ、何か買いに行かなきゃ」

「あ、冷蔵庫に昨日買った刺身なら入ってますよ」

「でも刺身だけじゃねぇ……」

献立を考え始めた海原さんに付き合う時間はなく、私はさっさと電話を切った。

シャッターの鍵をかけて、薄暗い店内を居間のほうへ向かうと、レジ台の裏にドアがあって、そこを開ければ三段ほどの階段があり、その先がダイニングになっている。

「ただいま」

二つ目のドアを開けながら声をかけた。ダイニングテーブルに頬杖《ほおづえ》をついた父が、ウィスキーを飲みながらテレビを見ている。

「遅かったな」

「耕治のアパートにちょっと寄ってきたから」

「あいつ、学校ちゃんと行ってんのか？」

「今、冬休みじゃない」

「休みだったら、ちょっとくらい、うちを手伝えばいいだろうに」

「耕治に手伝わせるほど仕事もないって、いつも言ってるの誰よ？」

「お前も覚えてるだろ？　まだ、お前が小学校くらいまでは、この季節になると、裏の倉庫に何台もテレビ仕入れてさ……」

　いつもの昔話が始まりそうだったので、私はダイニングの椅子には座らずに台所に入った。

　いつものことだが、海原さんという女性は、本当にきれいに台所を使う。たとえば包丁を差す場所、塩、胡椒《こしょう》の並び順、たしかに使っているはずなのに、今朝、私が置いた位置からまったく動かされていないように見える。

　もちろん使った皿やグラスも同様で、置かれていた場所にきちんと戻り、唯一《ゆいいつ》、変化が見られるのは、ついそのままにしておいた生ごみがきれいにそこからなくなっていることくらいだ。

「お父さん、海原さん、何時ごろ帰ったの？」

きれいに片付いた台所で、グラスに水を注ぎながらそう尋ねた。テレビの音に混じってよく聞こえなかったのか、「冷蔵庫にお前の分が入ってるってよ」と、頓珍《とんちん》漢《かん》な答えが返ってくる。

冷蔵庫を開けてみると、マカロニサラダや煮物が一つ一つ小鉢にラップされて入っている。煮物が入った小鉢からラップを取って、かぼちゃを一切れ口に入れた。甘すぎず、辛すぎず、絶妙な味が舌に広がる。

小鉢を手に持ってダイニングに戻ると、ちょうどニュース番組が終わったらしく、父がリモコンでテレビを消した。年々、老《ふ》け込んでいくのは仕方がないが、母が亡くなってからは、自分でも早く老けたいと願っているようでもある。

「海原さん、何時くらいに帰ったの？」

私は父の前に座って、改めてそう訊《き》いた。

「何時くらいだったかな。さっきだよ、さっき」

父が首を回しながらそう答える。

「海原さんってさ、どうしてずっと独身だったんだろうね？」

なるべく深い意味を持たせないように、さらっと訊いた。訊き方がうまかったのか、「さぁ、相手がいなかったなんて、本人笑ってるけどな」と父も素直に答えてくれる。

「そういう話とかしないんだ？」

「したから、知ってんだろ」

「いや、そうじゃなくてさ……」

あまりにも遠まわしすぎたのか、父は私の質問の意味を解せず、「『真琴』のママの話だと、いろいろ苦労したみたいだからな」と、妙に感慨深い声を出した。

一瞬、もうちょっと掘り下げようかとも思ったが、ふと目を向けた仏間のほうに、父の布団が敷いてあり、もちろん乱れたところはないのだが、なんとなくそれ以上を聞きたくないような気になった。

さっき耕治と海原さんの話をしていたとき、「姉貴、邪魔なんじゃねぇの？」と耕治は笑っていたが、もしも父と海原さんに現在何かがあるとすれば、実際、どこでどうなっているのだろうかとも思う。

もちろん、海原さんがこの家に泊まっていったことはない。逆に、父が外泊したこともないのだから、もしかすると二人はまだそういった関係には至っていないのかもしれないが、たとえばふと耳に入ってくる店先での何気ない会話などからは、どこか親密な雰囲気が伝わってこないこともない。

あれは夏の終わりごろだったか、久しぶりに父が日曜日に車を出した。「ちょっと行ってくるよ」というので、またパチンコにでも行くのだろうと思っていたのだが、日が暮れて帰ってきたときには、両手に巨峰を抱えており、「ほら、こんなに採ってきたよ」と少し照れたような笑顔を見せた。

「巨峰狩りに行ったの？」

「ああ」

「一人で？」

「まさか」

「じゃあ、誰と？」

「海原さんだよ」

今になって思えば、あれもれっきとしたデートなのだと分かるのだが、そのときは、ただ従業員の慰安ぐらいにしか考えておらず、「ああ、海原さんね」と納得しただけだった。あまり想像したくはないが、巨峰狩りで有名な山とこの街を繋《つな》ぐ国道には、見るだけでも照れてしまうような造りのラブホテルが何軒も並んでいる。

お風呂《ふろ》に入りながら洗濯機を回した。脱衣所で回っている洗濯機の音を聞きながら、のんびりとお湯に浸《つ》かっていると、なんとなく耕治の部屋にいためぐみという女の子の顔がちらつく。

なんというのか、もちろん一目見て嫌な印象をこちらに与えるようなタイプではないのだが、妙に礼儀正しい分、何かじっと様子を窺《うかが》われているような、いや、じっと何かを求められているような、そんな消極的なようで、とても貪欲《どんよく》なオーラを感じた。

耕治と何か言葉を交わすときでも、「私は耕治くんが好きなんです」ではなく、「私は耕治くんに好きになってもらいたいんです」というような雰囲気があって、見ているこっちが気恥ずかしくなってくる。間違いなく、これまで耕治が付き合った女の子たちにはなかったオーラがめぐみにはある。

耕治が初めて女の子とつきあったのは、彼が中学二年のころだった。たしか杉本さんという女の子で、サッカー部のマネージャーをやっていた。私が中学のころにも同じようなタイプの女の子がいたが、少し肌の浅黒い活発な子で、不良グループの男の子たちが一緒に遊び回るのではなく、誰にも内緒で好意を持ってしまうようなタイプだった。もちろん女の子の友達も多く、おまけに先生受けもいいので、運動部のマネージャーを無理やりやらされるような女の子だ。

実際、杉本さんも体育教師に無理やりサッカー部のマネージャーに任命されたらしく、毎朝、耕治を迎えにきたときに、ちょっと店先で話したりすると、「毎日、洗濯ばっかりなんですよ！　もう、ずっと鼻つまんで洗ってます」などと、きらきらとした笑顔を見せていた。

正直なところ、寝癖をつけたまま、家を飛び出してきた耕治と杉本さんが、つかず離れずバス通りを歩いていく姿は、フランスの古い映画でも見ているようだった。

高校でサッカーを辞めた耕治が、次に付き合ったのが、愛美《あみ》ちゃんだった。サン・カルロス劇場の裏手にある女子校に幼稚園から通っていた女の子で、こちらは誰もが口をそろえて言うように、いわゆる街で一番の美女だった。

ある夏祭りの夜、私は偶然、花火大会の会場でこのふたりを見かけたことがある。

当時私はすでに今の会社で働いており、仕事帰りに取引先の人たちと一緒にビアガーデンに寄っていた。今はもう辞めてしまったが、当時、水谷さんという女性がいて、港の広場からぞろぞろと歩いてくる集団の中に、浴衣《ゆかた》姿の耕治と愛美を見つけたとたん、「ひぁっ」と妙な声を上げた。みんな一斉に水谷のほうに目を向けた。そして、その水谷の目が港の広場から戻ってくる群集に向けられているのを見て、慌《あわ》ててそちらをふり返った。

あれをなんと呼べばいいのか、花火大会のあと、どこか疲れた表情で戻ってくる人波の中で、たしかに浴衣姿の耕治と愛美は目立っていた。目立っているというよりも、ほかが霞《かす》んでいくように、そこを歩いている二人だけが浮き上がって見えた。

水谷の声につられて、そちらに目を向けた誰もが、言葉もなく二人の姿を目で追っていた。若いということが、若くて美しいということが、こんなにも人を黙らせてしまうことを、私はこのとき初めて知った。

「……あの子たち、ほんと、可愛《かわい》いわ」

思わずそう声を漏らした水谷に、ほかの女子社員たちも肯《うなず》いていた。

一瞬、遠くに見えたときから、私はそれが耕治と愛美だと気がついていたのだが、近づいてきて、やっと梅木も気づいたようで、「あれ、本田さんの弟さんじゃない？」と声を上げた。

一斉にみんなの視線が私のほうに向けられた。露骨に「嘘《うそ》？」と呟《つぶや》いた者もいたはずだ。

「だよね、あれ、本田さんの弟だよね？」

梅木に改めてそう訊かれ、「あ、やだ。ほんとだ。……ったく、高校生のくせに」と、私は無理に顔をしかめてみせた。

愛美と別れてからも、耕治が街を女連れで歩いていたという噂《うわさ》をちらほらといろんなところから耳にした。リベルダーデ大通りの映画館にいた。ポンバル侯爵《こうしやく》広場を散歩してた。中央駅のカフェにいた……。とにかく、いろんな話を耳にしたが、彼女たちが見たという風景の中には、必ず耕治の隣に美しい女の子がいるらしかった。

「お父さん、もう寝た？」

お風呂から出ると、濡《ぬ》れた髪をバスタオルで拭《ふ》きながらダイニングに降りた。少しだけ開いている襖《ふすま》の向こうに、こんもりと盛り上がった布団《ふとん》が見える。

「いや、起きてるよ。何？」

襖の向こうから、面倒臭そうな声がする。

「うん、別になんでもないんだけど……」

そう言いながら、台所へオレンジジュースを取りに行った。襖の向こうで父が寝返りを打つのが見える。

オレンジジュースをグラスに注いで、なんとなくダイニングの椅子《いす》に座った。すでに電気が消してあるので、台所から聞こえてくる冷蔵庫の音がやけに響く。

「そういえば、今日、耕治の部屋に行ったら、女の子がいたよ」

そう言って、私はオレンジジュースを一口飲んだ。しかし一口飲み終えても、父からの返答がない。

「なんか、高校のころからの知り合いなんだって。ほら、今、耕治がバイトしてるでしょ？　宅配便の仕分け。そこで事務仕事してるらしくて、久しぶりに会ったんだって」

襖の向こうで、また父が寝返りを打つ。

「お父さん、聞いてる？」

「聞いてるよ、で？　それがなんだってんだよ？」

「いや、だから、別に何ってわけでもないけど……」

これ以上、話も続かないだろうと諦《あきら》め、私はグラスを持って椅子から立ち上がった。「おやすみ」と声をかけて、薄暗いダイニングをあとにする。ドアを閉めようとした瞬間、ふと煮物のことを思い出し、「お父さん、明日、海原さんが来たら、ちゃんとお礼言っといてよ。おいしかったって」と言った。返事なのか、うなり声なのか、襖の向こうから低い声だけが返ってくる。

ドアを閉め、階段を二段上がって、今度はふと足が止まった。そして、これまで一度も考えたことさえなかったことが、ふと脳裏をよぎった。どうして自分は、海原さんの存在をこんなにも素直に受け入れられるのだろうか。

5・初体験は十九歳

去年と同じように、ふと気がつくとクリスマスシーズンが終わっていた。もちろん、直子たちと内輪のパーティーを開いたり、楽しい思い出がないわけではないが、毎年この季節になると、大手電器メーカーからクリスマス・歳末セールのポスターや飾りつけが、「ホンダ電器店」にも送られてくるので、クリスマスといえば趣味の悪い飾りつけの中で過ごす時期という印象のほうが強い。

まだ学生のころは辛うじて仲間と集っていたのだけれど、いったん社会人になってしまえば、24日が必ず休みというわけでもないから、普通に出勤して、「今日、クリスマスイブなんですよぉ」といちおう上司に口を尖《とが》らせて残業だけは勘弁してもらい、気が向けば、うちの斜め向かいにあるパン屋で小さなケーキを買って帰るだけになっている。

これまでに一度だけ、クリスマスイブに男と過ごしたことがある。相手は短大一年生のころに付き合っていた山本くんで、彼に誘われフォンテス・ペレイラ・デ・メロ大通りにある老舗《しにせ》ホテルのレストランで食事をし、そのままそのホテルの部屋に泊まったのだ。

山本くんと出会ったのは、短大生になって初めての夏休み、クラスメイトたちと二泊三日でマデイラ島に海水浴に行ったときだった。マデイラ島へ向かう港からのフェリーの中で、同じように大学生になったばかりの山本くんたちのグループに声をかけられたのだ。

私たちはデッキの手すりにもたれて、波頭を切りながら進んでいくフェリーの舳先《さき》を見下ろしていた。何匹ものかもめがフェリーのあとを追ってきて、私たちが餌《えさ》でも持っていると思っているのか、ときどき触れられるくらいまで近くに寄ってきた。日差しは強かったが、頬に受ける海風は冷たくて、だんだんと近づいてくるマデイラ島が、まるで永遠にたどり着けない幻の島のように見えた。

最初に山本くんたちのグループに声をかけられたのは、同じクラスの慶子だった。ちょっと離れたところに立っていた私の耳には、海風で彼らの声までは聞こえなかったが、慶子が、「え？　K高？　じゃあ、田口くんって知ってるよね？」と訊き返す声は聞こえた。

　合コンや結婚披露宴、どこへ行っても、自分の出身校を言えば、「じゃあ、だれだれって知らない？」という会話になる。直接、面識がなくても、どこかで誰かと繋がっていて、そんな会話をするたびに、この街が上空から降りてきた大きな網で、覆《おお》われているような気がしてならない。

　慶子が山本くんたちのグループの一人と親しく話を始めると、私たちは「中にいるね」と声をかけ、その場に彼女だけを残して客室に戻った。

　慶子と話している男の子以外の男の子たちが、なんとなく私たちを目で追っているのは分かっていたが、みんなその視線に気づかぬふりで、冷房の効いた客室に一人ずつもったいつけるように入っていったのだ。

　港から小型フェリーに一時間も乗れば、マデイラ島に到着する。フェリーが着くのは静かな漁港で、三階建ての郵便局が入っているビルがこの島では一番高い。

　海水浴場は、漁港からバスに乗って島の裏側に回ったところにある。もちろん三つ星のホテルがあるわけもなく、ビーチ沿いに「潮騒《しおさい》屋」「ビーチホテル」「ホテルロイヤル」など民宿に毛の生えたような宿泊施設が並んでいるだけだ。

ただ、白砂のビーチとそこから広がる紺碧《こんぺき》の海だけは美しい。どんなに遠くまで泳いでいっても、海中で動かしている自分の足がはっきり見えるし、ふと力を抜いて海面に浮かべば、海よりも青い空が顔のそばまで降りてくる。

フェリーが同じならば、ビーチへ向かうバスも同じなわけで、結局、私たちと山本くんたちは、まるで同じグループのようになっていた。泊まるホテルは違ったが、チェックイン後は、ビーチで落ち合う約束もした。

あの夜のことを思い返すたびに、私はいつも、「私っていったいどんな女なんだろう?」と自問する。なんとなくその場の雰囲気で、私と山本くんがペアのようにされてしまったが、もしもその相手が彼ではなくても、あの夜、私が、あの中の誰かと初体験をしていただろうことは間違いない。もちろん、誰でもよかったわけではない。ただ、山本くんでもよかっただけだ。

夜、みんなで花火をやったあと、なんとなく山本くんに誘われるようにして、真っ暗な砂浜を歩き出した。今、考えてみれば、あのときもしも山本くんがどういう顔をしているかと訊《き》かれても、うまく答えられなかったのではないかと思う。それくらい出会って間もない男の子で、さほど印象の強いタイプでもなかった。たぶん、男の子たちがふざけて花火を投げつけ合ったりしていたときも、「黒田ぁ〜」とか、「しんご〜」とか、「まさぁ〜」とか、みんな名前を呼び合っていたが、その中で一番名前を呼ばれなかったのが山本くんだったような気もする。

みんなからだいぶ離れて、山本くんは岩の陰に座ろうと言った。私はただ、そうか、こういう風になるんだ、と、とても冷静に山本くんの隣に座った。

山本くんはしばらく、高校までやっていたというバスケットの話をしていたように思う。高校総体で三位だったとか、自分はバスケット選手にしては背が低すぎるとか……。私はただ彼の声を聞きながら、どうすれば痛くないように岩の上に座っていられるか、何度もお尻《しり》の位置を変えていた。月も出ていない夜で、本当に真っ暗で、彼の声だけが頼りだった。

彼はたぶんあんまり上手なほうではなかったのだと思う。それか、彼も私がそうだったように、あの夜が初めてだったのかもしれない。

「痛い？」「痛くない？」……。数えるつもりではなかったのだが、あまりの痛さで、何かほかのことに集中する必要があった。結局、彼は「痛い？」「痛くない？」

という言葉を合計で二十九回言った。そして、あと一回で三十だと思った瞬間、「あ」と短い声を漏らして果てた。

マデイラ島から戻って、なんとなく山本くんが私の彼氏のようになっていた。電話があれば会いに行ったし、電話がなければ、なんとなく悪い気がして私からかけた。

九月は毎週末会った。十月になって一回減り、十一月は連休に二日続けて会っただけだった。不思議なのだが、山本くんと当時どんな話をしていたのか、今はまったく覚えていない。電話で約束をして、一緒にファミリーレストランや居酒屋で食事をし、ポンバル侯爵広場にあるラブホテルに入る。そして翌朝、十一時きっかりにチェックアウトし、一緒にマクドナルドで遅い朝食をとることもあれば、それぞれ別のバスに乗って、それぞれの家に帰ることもあった。

クリスマスイブも、それまでとほとんど変わりなかった。ただ、一緒に行ったレストランがちょっと値段の張るイタリア料理店で、泊まったホテルがラブホテルではなく、フォンテス・ペレイラ・デ・メロ大通りにある老舗ホテルだっただけのことだ。

なんとなくお互いに連絡を取り合わなくなってから、一度だけ街で山本くんを見かけたことがある。彼もすでに就職したらしく、真新しいスーツを着て、カメラ店のカウンターで写真の現像を頼んでいた。そのとき、ふと気がついたのだが、私は山本くんの写真を一枚も持っていなかった。いや、マデイラ島でみんなと撮った写真は持っていたのだが、不思議なことに私と山本くんが一緒に写っている写真はなかった。


「今夜、出かけるとか言ってたな？」

仕事が休みで、朝から家でごろごろしていると、ふらっと店からダイニングに顔を出した父にそう訊かれた。

「うん。今日、同窓会だから」

私はダイニングの椅子を二つ並べて、その上に足を伸ばし、前屈運動をしながら答えた。

「遅くなるのか？」

「さぁ、どうだろう……、遅くても十二時までには戻ってくるよ」

私が答えると、父が少し淋《さび》しそうな目をこちらに向けた。そのまま父が店へ戻ろうとするので、「あ、お正月のおせち、私が取りに行くから」と私は言った。

「あ、ああ」とか何とか唸《うな》って、父がふり返りもせずに店へ戻る。

今回も「おせち料理」は中央駅前にある百貨店に入っている仕出屋に注文していた。今年は耕治が友人たちとスキー旅行に出かけていたこともあって、三が日が過ぎてもかなり余ってしまったので、今回は五重の料理ではなく、三重のものに格下げしている。

元旦《がんたん》を父と二人きりで過ごしたのは、今年が初めてだった。ただ、父は午前中から酒を飲み、昼過ぎにはさっさと布団《ふとん》に入ってしまったので、実質的には元日を一人で過ごしたことになる。


同窓会が開かれる居酒屋のあるドン・ペドロ4世広場に到着したのは、午後の五時半を少し回ったころだった。一人で会場に入るのが恥ずかしいと直子が言うので、ちょっと前に広場で待ち合わせをしていた。

バスを降りて広場に入ると、すでに直子がベンチに座って待っていた。広場と言っても、ただの児童公園なので、探さなくても誰かいればすぐに分かる。

「さっき、聡史さんがそこ、通ってった」

直子が少し興奮した様子で声をかけてくる。

「声かけた？」と私が訊くと、「だって、一人だったんだもん」と残念そうな顔をする。

「変わってた？」

「いや、ぜんぜん。昔のまま。というか、昔よりいい男になってた」

「いい男？」

「だから、なんていうか、昔はただの『爽《さわ》やか青年』だったじゃない？」

「で、今は？」

「だから……、今は、それに『色気』っていうか、『野性味』っていうか、そんなもんが加わった感じ」

「そこを通ったのを見ただけなんでしょ？」

「そうなんだけど……。というか、逆に、そこを通ったのを見ただけで、そういうのが伝わってくるぐらいなのよ」

私は広場の汚れた時計で時間を確かめ、「ねぇ、ここで待ってんのもあれだから、入っちゃおうよ」と、ベンチから立とうとしない直子の腕を引っ張った。

小さな居酒屋は貸し切りだった。地下へ階段を下りていくと、入口に受付があって、懐《なつ》かしい真木の顔がある。

「あ、本田！　来てくれたんだ？」

雑居ビルの狭い階段を、真木の太い声が昇ってくる。

「あんたが幹事なんだよね？　ふつうさ、こういうのは地元に残ってるほうが幹事やらない？」

階段を下りながら、直子がそう言って笑う。

「何言ってんだよ、地元に残っているお前らがぜんぜん動かないから、俺がやってあげてんじゃねぇの」

階段を見上げてそう言い返す真木が、着ているシャツのせいもあるのか、どこか垢抜《あかぬ》けて見える。真木といえば、ニキビだったのに、その痕《あと》もすっかり消えて、相変わらず大きな目だけがニコニコと微笑《ほほえ》んでいる。

「どうでもいいけどさ」
階段を下り切った直子が、二人分の会費を真木に手渡していると、店の中から
「あ、直子！」と叫ぶ裕美子《ゆみこ》の声が聞こえ、「小百合、おつりもらっといて！」とさっさと中へ入っていった。
　なんとなく受付で真木と二人きりになってしまい、「久しぶり」と私は声をかけた。

「けっこう、集まったんだよ」と、真木が参加者の名簿を見せる。まだ時間も早いというのに、三十人ほどの名簿には、すでに半分以上「到着」の意味らしいチェックがついている。ただ、その大きな目で、直子の顔はじっと見つめていたくせに、私とは一切、視線を合わせようとしない。

「この前、裕美子から聞いたけど、真木くん、ロンドンに行ってたんだって？」

　妙な沈黙を作らないように、私が訊くと、「研修で三ヶ月だけだけどね」と、少し照れたように真木が答える。

「証券会社だっけ？　就職したの」

「うーん、正確に言えば、信託銀行。……まぁ、どっちも似たようなもんだけど

さ」

私は誰か下りてこないかと、無意識に階段のほうを見上げていた。何かきっかけがないと、真木の前から立ち去りづらかった。

「本田は？　順調？　仕事とか、いろいろ」

「……う、うん。おかげさまで」

「そうか。……なんか、たまに本田のこと思い出すことあるよ」

昔からそうだったが、真木の目は話をしているうちにだんだんと潤《うる》んでくる。すぐに話をやめないと、今にもそこから涙がこぼれてきそうなのだ。

「ね、ねぇ、ロンドンに三ヶ月もいたんでしょ？　イギリス以外の国にも行った？」

私はヘンな雰囲気にならないように話題を変えた。

「せっかくのロンドン研修だったからな」

「どこ？　どこに行った？」

「最初に同期のみんなでパリに行って」

「パリかぁ。いいなぁ」

「本田、お前、ヨーロッパは？」

「ないよ。ヨーロッパどころかハワイ以外行ったことないもん。で、ほかは？」

「スペインに行ってみたかったから、一人でバルセロナとか南のほうを回って、なんとなく足伸ばしてみようと思って、ポルトガル」

「え？」

「だから、ポルトガル。リスボンだよ。知らない？」

「……い、いや、知ってる」

　目の前に、リスボンの街を歩いたことのある人が立っていた。「リスボンに行ったことがある」……。なんてことのない言葉なのだけれども、なぜかしらその場から足が動かせないほど動揺していた。いや、もっと言えば、真木の目の前で、素っ裸で立たされているような感じだった。

「どうしたの？」

　真木が心配そうに尋ねてくる。私は硬直した体を無理に動かし、「いや、ごめん。なんでもないの」と首をふった。

「でも、それくらいかな。行ったのは」

真木がそう言いながら、私の背後へ目を向ける。その瞬間、真木の表情にちょっとだけ影がさした。

「ヨッ！」

とつぜん肩を叩《たた》かれて、慌《あわ》てて背後をふり返ると、そこに聡史が立っていた。

「ヨッ！　久しぶり」

目の前に聡史の顔があった。見ているだけで、なぜかしら泣けてくるような、そんな深い笑顔がそこにあった。階段の途中にあるトイレから出て来たらしかった。

「……しかし、久しぶりだよなぁ。なんか、みんな久しぶりだけど、本田さんが一番、なんていうか、久しぶりに会ったっていうか、懐かしい感じするよ」

聡史が本当にうれしそうに私の顔をマジマジと見る。私は何か言葉を返さなくてはと思いながらも、今度は顔が硬直してしまって、うまく口が動かせない。

昔からそうだったが、聡史の体からはいつもオレンジの香りがする。一度だけ駅前の百貨店の化粧品コーナーで、これと同じような匂《にお》いを嗅《か》いだことがあるのだが、そのときも一瞬、聡史とすれ違ったのかと思ったほどだ。

もちろんすぐにその香りの出所を探して、メンズフレグランス売場を歩き回ったのだが、どのメーカーの小瓶を手にとっても、聡史と同じ、オレンジの香りがする香水を見つけることはできなかった。

「行こうよ」

とつぜん聡史に腕を取られ、すっと床から抜かれるように足が動いた。

「真木、どこに座ってもいいんだろ？　別に結婚式じゃねぇから、座る位置とか決まってないよな？」

聡史が少し脅すように真木に尋ねる。

「どこでもいいですよ」

聡史の勢いに押されて、真木がそう答えた瞬間だった。ふと階段の上に人の気配がした。そこにいた三人とも同時にその気配に気づいた。

「あ、小百合ちゃん！」

三人がふり返ったのが先だったか、亜希子の声が落ちてきたのが先だったか。階段の途中に、ぽつんと亜希子が立っていた。

「ごめんね。私、陸上部じゃないんだけど……、小百合ちゃんが『同じ高校だったんだし、来ても、ぜんぜん大丈夫だから』って、そう言って誘ってくれたから……」

ちょうどそのとき、表を車が通ったらしく、そのライトがすっと階段のほうに差し込んで、そこに立つ亜希子の姿を一瞬きらっと輝かせた。

6・タイミングが悪い

会社帰りにコメルシオ広場の古い本屋で、ポルトガルの旅行ガイドを買った。これまではたった一枚だけ持っていたリスボンの簡略地図で、その街を知った気になり、自分の街をその街になぞらえていたのだが、旅行ガイドを買ったおかげで、初めてジェロニモス修道院がどんな建物なのかが分かった。まるでレース細工のように繊細な彫刻がほどこされた白亜の修道院は、リスボンの紺碧《こんぺき》の空を背景に、ふと涙がこぼれるほど美しかった。解説によると、このような建物をマヌエル様式と呼ぶらしい。ポルトガルの黄金期に建てられた壮麗な修道院。私はそんなことを知りもせずに、毎朝自分が利用するバス停にその名前をつけていたのだ。

簡略な地図とはいえ、いったんその街の全体像を完璧《かんぺき》に頭に入れたあとに、改めてその街のガイドブックを読むというのは、新鮮というか、とても奇妙な感じだった。それは自分が長年暮らしている街のガイドブックを読み、「なーんだ。こんなおいしくない店が紹介されているのか」などと、がっかりするような感じではなく、「そうか、あの通りの奥には、こんなにおいしそうなローストチキンを出す店があったんだ」などと、再発見させられるような感じで、もちろん実際にはそんな通りも、そんな店も、この街には存在しないのだが、頭の中ではリスボンと自分の街が重なり合っているものだから、アニメキャラクターの巨大な看板があるパチンコ屋の裏手に、このガイドブックで見つけた小さなカフェがあるような気がしてしまうのだ。

ここ数日、このガイドブックをいつも持ち歩いていたものだから、表紙はすっかりくたくたになり、会社では梅木や菜月に、家では父や海原さんに、「なに？ポルトガルにでも行くの？」と何度も同じ質問を受けた。

私のようなOLが海外のガイドブックを熱心に見ていれば、誰もがそう思うのだろうが、実際、私のほうにはその意志がまったくないものだから、そんな質問を受けるたびに、「そうか、ガイドブックを持っているということは、そこに行く、もしくは行きたいということになるんだ」と、逆に納得させられた。

このガイドブックを買って、もう一つ発見したことがある。自分があまり海外旅行というものに興味がない人間だったということだ。もちろん、これまでに一度だけ短大の卒業旅行でみんなとハワイに行ったことがあるだけの経験で、性急に答えを出すこともないのだろうが、ガイドブックの巻末に記された旅の準備、たとえばパスポートの有効期限から各種保険の加入、トラベラーズチェックの必要性や通貨の単位、それに向こうに到着すればしたで、日本への電話のかけ方、電車やタクシーの乗り方と、ページをパラパラと捲《めく》っているだけで、「こんな準備をするくらいなら、ポルトガルなんて行かなくてもいいなぁ」などと思っているのだ。

実際、これまでの国内旅行にしても、全部連れの友達がチケットからホテルの手配までしてくれた。

「小百合はとにかく朝八時に駅前に来てくれればいいから」

そう言われてやっと、自分がこれからどこかへ行こうとしているのだと思えたくらいだ。もしもそれらすべての手配を自分でやらなければならなかったとしたら、一向に準備が進まないか、逆に何パターンもの旅程を考えてしまい、結局どのルートでどこのホテルに泊まるか、それさえ決められなくなっていたに違いない。

とにかく、このガイドブックを買ったおかげで、自分には「どこかへふらっと行く」という能力が、欠けているのだということに気づかされた。

いつものように自分の席でお昼の弁当を食べ終わり、日の当たる窓際《まどぎわ》に椅子《いす》を滑らせてガイドブックのナイトライフの項を眺めていると、外回りから帰社したらしい安藤が、「あれ、もうお昼食べたの?」と声をかけてきた。

「はい」と私は答えて、ガイドブックを膝《ひざ》の上で閉じた。

安藤が「また、読んでるんだ」とでも言いたげな、本当にちょっとだけ呆《あき》れたような表情で、「そんなに見てると、丸暗記しちゃうんじゃない? その本」と微笑む。

「写真眺めてるだけで、読んでませんから」と、私が微笑み返すと、「でも、その、ナザレって街、きれいだよね」と安藤が言う。

「え? ナザレ?」

とつぜんそう言われても、どの写真がナザレだったのか思い出せない。

「ほら、白いビーチのある小さな街の写真が出てたろ? どの家も、白壁で、オレンジ色の屋根で……」

そこまで言われて、「あ、ああ」と私も肯《うなず》いた。

どの辺りにあったのか、すぐにページは捲れないが、たしかに真っ青な海と、真っ白なビーチ沿いに広がった、まるでケーキのような街の写真があった。

「悪いなと思ったんだけど、昨日、本田さんのデスクにその本がぽんと置いてあったんで」

安藤が申し訳なさそうな顔をする。

「……そしたら、そのナザレって街が出てきて、写真に吸い込まれるっていうのは、ああいう状態を言うんだろうな」

人の本を勝手に読んだ罪悪感からなのか、安藤の口調はまるで子供が言い訳でもしているようだった。

私はガイドブックを捲りながら、やっとナザレの写真を見つけた。

「これですよね？」

「あ、そうそう。それ、ほら、やっぱきれいだよ」

安藤の顔がぐっと私の胸元のほうに降りてきて、膝の上に広げられたガイドブックに近づいてくる。

「あ、そうだ。本田さん、もうお昼済んだんなら、一緒にコーヒーでも飲みに行かない？」

安藤はガイドブックを覗《のぞ》き込んだままそう言った。目を合わさずに誘われたことで、安藤が何を話したがっているのか察しがついた。

「いいですよ」

私は平静を装って椅子から立った。

「悪いね」と安藤が言う。

「どうしてですか？　奢《おご》ってくれるんでしょ？」

私はわざと明るい声を出した。

つい二週間前にガレット通りに新しいカフェがオープンしていた。通りに面して赤いパラソルがいくつか置かれ、ちょっとしたオープンカフェになっている。

安藤が「ちょっと、ここで待っててて。コーヒーでいいよね？　買ってくるから」と、私に指し示した場所が、その赤いパラソルの下だった。言われた通りに席に座ると、目の前にカンポ・ペケーノ闘牛場行きのバス停があって、古ぼけたベンチに杖《つえ》をついたおじいさんが腰かけ、通りを走り去る車の幻影を追うように、ゆっくりと顔を動かしていた。

真冬とはいえ、日差しが強くて、店の外にいてもそれほど寒さは感じなかった。ただ、ときおり吹き抜けていく港からの寒風だけが、痛いほどに頬に当たる。

「あの、中に入りませんか？」

トレーに二つのコーヒーカップを抱えて外へ出てきた安藤に、私はすっと立ち上がってそう言った。こちらから何かを提案するということがあまりなかったせいか、安藤の顔にちょっと驚いたような色が浮かぶ。

「あ、いいよ。ここ、ちょっと寒いもんな」

安藤がトレーを持ったまま、ひじで店内へのドアを開ける。ドアが開いたとたん、タバコの煙と甘ったるい歌の歌詞が流れ出てくる。

「亜希子のことで、もしも何か俺に隠してることがあるんだったら、教えてほしいんだ」

安藤が唐突にそう切り出したのは、私がコーヒーを飲み干したときだった。かたんとカップをソーサーに置いたとたん、安藤はそう言ってぐっと顔を近づけてきた。私はいつ亜希子の名前が出るのだろうかと、ずっと待っていたので、その間に何度も繰り返し練習もしていて、安藤に問われたとたん、「え？　亜希子さんのこと？」と、自分でも驚くような完璧な演技ができた。

「ここ最近のあいつ、ちょっとヘンなんだ。考えてみれば、去年の暮れあたりから、どこかいつもそわそわしてて、ただ、そのころは俺も、別に何とも思ってなかったんだけど、年が明けてからは、なんだか今度はイライラしてて……。この前の週末だって、本当はあいつの実家に一緒に里帰りする予定だったのが、とつぜんやめて『小百合ちゃんたちと飲みに行ってくるから』なんて言い出すし……。あ、別にそのことで本田さんを責めてるんじゃなくて、なんていうか、これまで家に呼んでくれって頼まれることはあっても、ほら、外に出て行くことはなかったろ」

安藤の言葉がどこか上滑りしているように聞こえた。言いたいこと、聞きたいことをすべて言葉にせずに、その言葉の上に、無理やり別の言葉を乗せているようなのだ。

「あの日、帰り遅かったけど、どこ行ってたの？」

安藤に問われ、私は用意していた言葉を返した。

「一緒に『愛の嵐《あらし》』っていう古い映画を見て、ごはん食べて、そのまま帰るつもりだったんですけど、ちょっと甘いものが食べたくなって、遅くまでやってる喫茶店に入ったら、話が止まらなくなっちゃって」

私の言葉を、安藤は端《はな》から信じていないようだった。ただ、黙って最後まで聞いてはくれた。

「……そうか。本田さんも亜希子と同じこと言うんだな」

ひどく落胆した声だった。私はただ亜希子の肩を持っているだけなのに、私までひどい女のように思われているようでつらかった。

「ヘンなもんだよ。あいつがずっとそばから離れようとしないときは、正直うんざりすることもあったんだ。ああいうのを愛されてるほうの武器っていうのかな、自分が愛されてることを知ってるから、それを武器に何でも言えて……」

「な、何かあったんですか？」

言いながら、自分で自分にうんざりした。自分が誰のためにこんな嫌な役をやっているのか分からなかった。

「……あいつの携帯を触れないんだ」

安藤がぽつりと言った。

「え？」

「だから、あいつの携帯がダイニングのテーブルに置いてあっても、怖くて触れないんだよ。これまで触りたいとも思ったことがなかったのに、なんていうか、あのちっちゃな機械が、ちょっと触れただけで爆発する地雷みたいに思えてさ」

店内は耳を塞《ふさ》ぎたくなるほどの騒音だった。まだオープンしたばかりで、店員たちの動きもぎこちなく、あちこちから「すいません、ここ片付けてください！」「すいません、ストローがありません！」とイライラした声が聞こえてくる。その中で安藤だけがすでに消してしまったタバコを、灰皿の角に何度も擦《こす》りつけながら、無言の脅迫で私に真実を話せと迫ってくる。

年末に行われた陸上部の同窓会、その一次会が終わったあと、聡史が亜希子と姿を消した。みんな口々にいろんな言葉で消えた二人のことを語ったけれども、私には二人が消えるように仕向けたのが、私たちその他大勢だったような気がしてならなかった。

受付で真木と話をしているときに、懐《なつ》かしいオレンジの匂《にお》いを嗅《か》いだ。ふり返ると、そこに聡史がいて、たったの十秒ほどだったが、二人きりになれた。「隣に座れ」と聡史は私の腕を引いた。いろんな奴《やつ》と久しぶりに会ったけど、私と会うのが一番懐かしい気持ちにさせると聡史は言った。そのたったの十秒で、私はまるで聡史に一番近い女になったような気さえした。

ただ、その直後、亜希子が階段を下りてきた。それ以来、聡史の目が私のほうに向けられることは一度もなかった。聡史が用意していた私の席は、そのまま亜希子の席となり、そんな二人を囲むように一次会は始まった。私は直子の隣に座って、「ねぇ、亜希子さんもよくずうずうしく陸上部の同窓会に来れるよねぇ」とか、「亜希子さんに旦那《だんな》いるって、聡史先輩も知ってんでしょ?」というような、主役が決して口にしない科白《せりふ》ばかりを聞かされていた。そしてそういう声が宴会場のあちこちで囁《ささや》かれれば囁かれるほどに、中心にいる二人は輝くように孤立していき、口にはしないが、みんなが心のどこかで懐かしく思い、そして願っていたように、二人は一次会のあと姿を消したのだ。

タイミングも悪かった。二次会のカラオケ店へ向おうと、みんなが席を立ったとき、私はトイレに行った。トイレから出てくると、すでにみんなは店を出ていたが、狭い階段に亜希子と聡史が立っていて、「ごめん。一緒にいたことにしておいて」と亜希子が手を合わせる。

一瞬、なんのことだか分からずに、隣に立つ聡史のほうに目を向けた。その目には最初に見せてくれた優しい色はなく、「亜希子の旦那と同じ会社で働いてるんだって？」と聞いてくる目には、「ちくったりすんなよ」とでも言いたげな、まるで敵を見るような色さえあった。

やっと事情を把握して、「……でも」と私は呟《つぶや》いた。「俺が初めてこの街に来た日、雨だったんだ」と教えてくれた安藤の顔がふと浮かび、「亜希子さん、ちゃんと考えなきゃ」という言葉が、胸の中でつっかえた。ただ、そのつっかえた言葉が出てこない。

「……でも」と、私はもう一度だけ勇気をふり絞って声を出した。

ただ、その瞬間、私を見る二人の目の中に、とても恐ろしいものが見えた。それが情熱的な愛の前で、ただモジモジしているだけの自分だと分かった瞬間、急に膝から力が抜けた。情熱的な恋など一度もしたことのない女が、情熱的な愛を前に両手を広げて阻止することなどできないのだ。

「お願い」と亜希子に手を合わせられた。

「頼むよ」と聡史に肩を摑《つか》まれた。とても熱い手のひらだった。


「そろそろ戻ろうか？　それとも本田さん、もうちょっとここでのんびりしてく？」

とつぜん目の前の安藤に声をかけられ、私は思わず、「はい」と答えた。もう何週間も前に肩に置かれた聡史の手のひらが、まだそこに残っているようだった。

私が「はい」と答えたので、安藤は自分のカップと灰皿をトレーに載せ、さっと椅子から立ち上がった。

「あの……」と私は声をかけた。

すでに歩き出そうとしていた安藤が、「ん？」とトレーを片手にふり返る。

「私、亜希子さんが間違ってると思います」

言ってすぐ、さっと顔から血の気が引いた。

きょとんとした安藤が、トレーをまたテーブルに戻そうかどうか迷っている。

「え？」

きょとんとしたままの顔を向けられ、もう言葉が出てこない。安藤の視線から顔を逸《そ》らすのが精一杯で、テーブルに残された自分のカップに視線を落とした。

「あ、ありがと」

次の瞬間、背中に落ちてきたのは、思いがけない言葉だった。

「ありがと。……考えてみれば、本田さんに問いただすなんて反則だよな。俺に訊《き》かれたって、本田さんが答えられるわけないもんな。ごめん、本当にごめん。なんか、夫婦そろって本田さんに嫌な思いさせちゃって。ほんとにごめん」

ゆっくりと顔を上げると、なんと安藤が深々と頭を下げていた。その顔が手にしたトレーにくっつきそうなくらいだった。

「あ、いえ、そうじゃなくて……」と私は慌《あわ》てて言った。思わず立ち上がりそうになり、後ろに引いた椅子《いす》が、その後ろにあった椅子にぶつかり、ギギッと嫌な音が鳴る。

「私、本当にそう思うんです」と私は言った。

「……私、本当に亜希子さんが間違ってると思います」

言いながら、まるで自分が愛の告白でもしているように思えた。さっきまで血の気が引いていた顔が、自分でもはっきりと分かるように紅潮し、声を出すたび喉《のど》がからからに渇いてくる。

「……私、誰をかばうとか、誰の味方とか、そういうんじゃなくて、ただ、今回は亜希子さんが間違ってると思うんです。そう思ってることだけは、ちゃんと安藤さんに伝えておかなきゃって……」

ひどくかすれた声だったが、こんなにも自分の気持ちを素直に言葉に出来たのは初めてだった。私は、亜希子のような女ではない。ただ、それだけのことを安藤に伝えたかった。

私の言葉を聞き終えると、安藤の顔に静かな笑みが広がった。私の言葉に胸を打たれたようにも見えたし、私の気持ちを知ってホッとしているようにも見えた。

「ありがと」と安藤はもう一度お礼を言った。

私が、お礼なんてと首をふると、子供をなだめるように、「ありがと。本田さんの気持ちうれしいよ」と笑顔を見せる。

正直、その笑顔を見た瞬間、やっと息ができた。その勢いに乗って、自分も一緒に会社へ戻ろうと席を立った。そのときだった。

「たぶん、亜希子が間違ってるんだと思う。いや、絶対に、あいつが間違ってるんだ。それは本田さんの言うとおりだよ。……ただささ、なんていうのか、男と女って、いつもどっちかが間違ってるからこそ、なんていうか、こうやって、イライラさせられたり、嫉妬《しっと》に狂ったり、苦しくて泣いたり……するんだろうなとも思うんだ。たぶん、いや、今回は絶対に、本田さんが言ってくれるようにあいつが間違ってる。でも、ほんとに自分でも情けないんだけどさ、その間違ってばっかりいる女が、俺、やっぱり好きで好きで仕方ないみたいなんだ……」

二人の会話がどれくらい周囲に聞こえていたのか分からない。騒がしい店だったので、その音にかき消されていたのかもしれない。ただ、安藤の声は一言一句、私に聞こえた。聞こえたからこそ、勇気をふり絞った自分が不憫《ふびん》で、いい気になって撒《ま》き散らした自分の言葉を、床を這《は》ってでも拾い集めたかった。

7・ときどき少女漫画を読む

ポンバル侯爵広場にある大きな書店に入ったのは、日曜日の午後だった。いつもは近所の商店で済ませている買い物だが、たまには父にもいいものを食べさせてあげようと思い、街で一番高級なスーパーへやってきていた。面倒臭がらずにここまで来れば、近所ではとても手が出ない霜降りの牛肉（パック売りだが）も買ってみようかという気にもなる。他にも、マツタケのふりかけ、ふぐのみりん干し……と、物珍しいものだからついついかごに入れてしまい、書店に向かうときには、両手に重いビニール袋を提げていた。

デパートの地下食料品売り場から出てきたせいか、日曜日の書店は自分の足音さえ気にしてしまうほど静かだった。両手に提げたビニール袋を鳴らさないように、混んだ雑誌コーナーをすり抜け、がらんとしている文芸書コーナーに入る。いつもはそのまま一番奥のコミックコーナーへ直行するのだが、今日に限って、その足がふと止まった。

文芸書コーナーに一人だけ若い男が立っていた。暖かそうな白いセーターに、洗濯したばかりのようなジーンズ姿なのだが、足元のスニーカーだけが、たった今、ドブ川から引き上げてきたように汚れていた。

ただ、私がふと足を止めたのは、汚れたスニーカーのせいではなかった。もしも最初にそのスニーカーが目に入っていれば、足を止めるどころか、急ぎ足になっていたはずだ。

その人は本棚から一冊の本を取り出して立ち読みしていた。それはエーゲ海を思わせるような、エメラルドグリーンというか、薄い青というか、とても微妙な色合いの本で、「ポルトガルの海」というタイトルだった。

私がとつぜん立ち止まったものだから、その人も気配に気づいたようで、すっとこちらをふり返った。エメラルドグリーンというか、薄い青というか、とにかく微妙な色合いのカバーを見ていたせいで、一瞬、その人の瞳《ひとみ》までそんな色調に見えた。

至近距離で見つめられて、私は慌てて目を逸らした。あまりに急いで足を出したせいで、出した足がビニール袋にぶつかり、グシャと鳴った袋の中から、ぽとんとマッタケのふりかけが落ちる。

慌てて拾おうと身を屈《かが》めると、その人の手が、すっと視界に入ってきて、床に落ちていたふりかけの袋を拾うと、身を屈めた私の顔の前に差し出してきた。

「あ、すいません」

咄嗟《とっさ》にお礼を言って、すぐに身を起こした。その人が私に差し出しているものが、ふりかけの袋のほうだということは分かっているのだが、なぜかしらその薄い青色の本を受け取りそうになった自分にハッとした。

ふりかけを受け取って、すぐにその場を立ち去った。ほんの数秒のことだったのだが、そのすべてがスローモーションのようで、何十分もその場に立っていたようだった。

コミックコーナーへ向う途中、本の表紙にあった文字がぼんやりと浮かんできた。「ポルトガルの海」。タイトルは間違いない。ただ、「フェルナンド・何とか」と書かれてあった作者の名が、どうしても思い出せない。なぜかしら「フェルナンド、フェルナンド」と繰り返しながら、私はコミックコーナーへ向っていた。

コミックコーナーに入ると、また足を止めることになった。ビニール綴《と》じされた本がずらっと並べられた書棚の前で、めぐみが首を伸ばして上の棚の本を取ろうとしていたのだ。

私の視線に気づいたらしく、めぐみがこちらをふり返り、高く上げられていた踵《かかと》がコトンと床に落ちる。

「あ、お姉さん」

背伸びしてコミックを取ろうとしていたのが恥ずかしいのか、めぐみが顔を真っ赤にして挨拶《あいさつ》をする。

これまで耕治が付き合ってきた女の子たちに「お姉さん」と呼ばれて、嫌な気分になったことはないのだが、街で一番大きな書店の、一番奥にあるコミックコーナーで、とつぜんめぐみにそう呼ばれて、私はとても嫌な気分になった。言葉ではうまく説明できないのだが、とにかく胸の辺りがもやもやっとして、両手に提げていたビニール袋が急に指に食い込んでくるようだったのだ。

「お買物ですか？」

まるで耕治の恋人然として、めぐみがゆっくりと近寄ってくる。手には数冊、買うつもりらしいコミックを持っている。

自分でも不思議なのだが、めぐみの顔を見た瞬間に、先日、安藤と一緒に行ったガレット通りのカフェでの出来事を思い出した。彼女とはなんの関係もないはずなのに、「私、亜希子さんが間違ってると思います！」と馬鹿《ばか》みたいに言ってしまった自分の姿や、「ありがと。でも、間違ってる女のことが好きで好きで仕方ないんだ」と言った安藤の顔を、再び目の前に突きつけられるようで、慌ててその光景を頭の中からふり払おうとすると、今度は年末の同窓会で、「ごめん。一緒にいたことにしといて」と手を合わせる亜希子の顔と、「頼むよ」と私の肩を摑んだ聡史の熱い手のひらの感触がよみがえる。

胸の辺りにあったもやもやが、いっそう熱く感じられ、私は思わず大声を上げてしまいそうだった。

その声を無理に抑えて、めぐみの顔を見る。ただ、何か話したそうで、決して自分からは何も言い出さないその態度が、見ているだけで息を詰まらせる。

どうしてこんな女が、私の弟と付き合えるのか、考えただけで腹が立ってきた。

耕治はこんな女と付き合うような男ではない。どう見ても、この女に耕治はもったいない。

「あの……」

ほとんど睨《にら》むように見つめていた私に、めぐみが恐る恐る声をかけてきた。私としてはすぐにでもこの場を立ち去って、彼女と耕治との仲を私が祝福していないことを伝えたかったのだが、怯《おび》えたようにこちらの目を覗《のぞ》き込んでくる彼女を見てしまうと、さすがにそこまで非礼なことはできない。

「あの……、お買い物ですか？」

めぐみがこちらの様子を窺《うかが》うようにまた同じ質問をする。ただ、「そうなのよ」と言えば済むのだが、「そうなのよ」という簡単な言葉を、喉の途中で、「なんで、あんたみたいな女が、耕治と付き合えるのよ」という激しい言葉が押さえつけてしまう。

「ひとつ、持ちましょうか？」

めぐみの手がさっと私の左手に提げられたビニール袋に伸びてきて、私はとっさに、「い、いいの」と身を捩《よじ》った。

「こ、この本屋さん、よく来るんですか?」

めぐみがその場の雰囲気を変えようと、無理に明るい声で尋ねてくる。周囲にはそんな私たち二人にまったく無関心な数人の女たちが、熱心に棚から本を抜き出している。

「あ、そうだ……。お姉さんも、『くらもちふさこ』とか、『吉野朔実《さくみ》』とか、読むんですよね?」

そう言って、とつぜんめぐみが手にしていた数冊のコミックを私に見せた。

「……耕治が私の部屋に来たとき、『ここに並んでる漫画本、うちの姉貴の部屋にもあるよ』って教えてくれて……」

私が一言も口を開こうとしないので、めぐみが一人で必死に喋《しゃべ》っていた。ただ、喋れば喋るほど、私が聞きたくないと思っていることをずけずけと言ってくるように感じる。

「あの……、どうかしたんですか? なんか、顔色が……」

めぐみがそう言いながら、私の顔を覗き込んできた。

それが限界だった。

「いや」と、私はまず小さな声でつぶやいた。

そしてすぐ、「いや！」と、今度は周囲に聞こえるように言った。そばに立っていた女子高生が一人、その声に驚いてハッと私たちのほうをふり返る。

私はもう一度、「いや！」と首をふった。もしかすると書店中に聞こえるような声だったのかもしれない。

目の前で呆然《ぼうぜん》としていためぐみが、急に顔色を変えて、きょろきょろと辺りを見回した。

「私、認めないから。……私、あなたが耕治の恋人だって認めないから」

大きな声ではなかったが、私はきっぱりとめぐみに言っていた。おどおどしていた動きが止まって、めぐみが今にも泣き出しそうな顔になる。その顔があまりにも情けなくて、私は思わず、「ごめん」と謝りそうになった。すぐに謝らなければ、その目から今にも涙が溢《あふ》れてきそうに見えたのだ。

ただ、それは私の誤解だった。今にも涙が溢れそうになっていたのは、めぐみではなく、私の目のほうだった。

私は慌《あわ》ててその場を立ち去った。背中に、「あの」と、か細いめぐみの声が聞こえたが、ふり返らずに通路を進んだ。

耕治には幸せになってほしいの。耕治には私が思い描いているような世界を生きてほしいの。

狭い通路の本棚にときどきビニール袋をぶつけながら、私は知らず知らずに、そんな言葉を胸の中で吐いていた。

耕治だけは馬鹿にさせない。あなたには悪いけど、あなたが隣に立ってたら、耕治の価値が下がってしまう。

店を飛び出してタクシーを拾った。満杯のビニール袋を二つ押し込んで、運転手に行き先を告げたとたん、必死に我慢していた涙が流れ、亜希子の顔が、聡史の顔が、そして安藤の顔が、次々と浮かんでは消えた。

家に戻って、お風呂《ふろ》に入った。まだ使っていなかった入浴剤を開けて、ハチミツの香りに包まれて二時間過ごした。ぬるいお湯に浸《つ》かっていると、次第に本屋での興奮もおさまってきた。ただ、どこまでの言葉を実際に口に出し、どこまでの言葉を胸の中に残したのか判然としない。

もちろんめぐみに悪いことをしたという気持ちも湧《わ》き上がってきたが、それ以上に、これがめぐみのためなのだという気持ちも抑えられなかった。

自己弁護でしかないのだろうが、いずれめぐみは耕治に捨てられる。だからめぐみには私がガレット通りのカフェで、安藤に味わわされたような思いをさせたくない。だから私は心を鬼にして言ったのだ。ぬるいお湯に浸かっているせいか、言い訳ばかりが思いつく。

二時間も風呂に入っていたせいで、さすがに父も心配になったらしく、「やけに長風呂だな。晩めし、どうするよ？」と、いたって日常的な言葉で、娘の様子を気遣ってきた。

「もう出るから、すぐ作るよ」と、私もいつものように答えると、「ああ、そうか」と、自分が訊《き》いてきたくせに、晩ごはんなど、どうでもいいような口ぶりで言う。

本屋の文芸書コーナーで出会った男のことを、ふと思い出したのは、デパートで買ってきた地鶏《じどり》のもも肉に下味をつけているときだった。

咄嗟のことで、あまりはっきりと見なかったので、顔の輪郭はぼやけているのだが、エメラルドグリーンというか、薄い青というか、とにかく微妙な色合いに輝いたその瞳だけが、はっきりと思い出せた。

私は急いでもも肉に下味をつけると、さっと手を洗ってエプロンを取り、父が驚いて目を見開くほどの勢いで、階段を駆け上がって自分の部屋に向かった。

パソコンを開いて、すぐにネット書店のサイトを開く。読んだ小説やコミックの自分なりの感想を、このサイトに書き込んでいるので、このアドレスは検索しなくても「お気に入り」の項目に入っている。

サイトを開くと、「ポルトガルの海」と入力して検索してみた。すぐに検索結果が現れ、やはり記憶は正しかったようで、「フェルナンド・ペソア著」と書いてある。

「あ、これだ」と、私は思わず呟《つぶや》いた。

残念ながら装丁の写真はついていなかったが、間違いなくこの本が、あのエメラルドグリーンのような、薄い青のような装丁の本だという確信が持てた。フェルナンド・ペソアというのは、ポルトガルを代表する詩人らしい。

値段を見ると、決して安くはなかったが、とりあえず買おうとカートに入れた。

ついでにこの著者で他にも本が出ていないか調べてみた。文学全集らしい一冊も含めると、全部で四冊の本が入手可能になっていた。中に「ペソアと歩くリスボン」というタイトルの本があり、これも買おうとカートに入れた。そして、どうせならともう一冊、「不穏の書、断章」という難しそうな本も買うことにした。

全部で三冊、配送料無料で6825円だった。自分でも驚くほど衝動的に買っていた。いつものように一冊の本を買おうか、買うまいかと、ネットの書評を調べてみたり、オークションで探したりもしなかった。

その三冊の本が届けられたのは、注文してから三日目のことだった。いつもの時間に会社から戻ると、店のカウンターに見慣れた小箱が置いてあった。

早速、自分の部屋に持ち運んで、箱を開けた。中から出てきたのは、見覚えのあるエメラルドグリーンのような、薄い青のような装丁の「ポルトガルの海」と、まるでチャップリンのような男（これがペソアなのだろう）が、背表紙から表に回り込んでひょこんと姿を見せている「不穏の書、断章」、そして、詩人である彼が紹介するリスボンガイド「ペソアと歩くリスボン」だった。

本が届けられた翌朝、いつものバスに乗って会社へ向かい、7月24日通りの停留所で降りて、寒風ふきすさぶ岸壁をガレット通りのほうへ歩いていると、携帯にメールの着信があった。こんなに朝早くにメールを送ってくるのは、「今日、三十分ほど遅刻します」という菜月からのメールに決まっている。ポケットから手を出すのが億劫《おっくう》で、一瞬無視しようかとも思ったが、なんとなく気になって携帯を開いた。

そこには見知らぬアドレスがあり、件名に「聡史より」という文字がある。

私は思わず岸壁に立ち止まった。去年の暮れ、ピンを刺されたアゲハ蝶《ちょう》をちょうど見つけた辺りだった。

メールを開くと、

元気？　実は今、町に戻ってきてるんだ。数日いる予定。もし、時間あったら、一緒に晩めしでもどうかと思ってメールしてみた。どう？

と書いてある。とりあえず二度読んだ。そして改めて、これが本当に、あの聡史からのメールなのか疑った。

このメールが亜希子の元へ送られるのなら分かる。それがどうして……。そこまで考えて、「あ、うまくいってないんだ」と私は悟った。

ガレット通りのカフェで話して以来、安藤はあまり私のそばに近寄ろうとしない。朝のコーヒーも、特別なものではなく、みんなに配るものと同じものを黙って飲んでいる。向こうが話したくないのなら、こちらから詮索《せんさく》することもないし、詮索すればするほど、まるで愛の告白の失敗例のようだった私の言葉が、二人の間に壁を作る。

様子を窺《うかが》おうと、

こんにちは。仕事で戻ってるんですか？
ＰＳ　ところで、どうしてこのアドレスを？

と聡史に送った。

十メートルほど岸壁を歩くと、すぐに返信がある。

いや、仕事じゃないんだけど……。あと、アドレスは直子ちゃんに聞いたんだ。ごめん

岸壁からガレット通りへの横断歩道で、聡史から続けてメールが届く。

今晩ヒマじゃない？　もし良かったら、晩めし、どう？

言葉はのんびりしているが、どこか切羽詰った感じも受ける。一瞬、迷った。どうせ亜希子とのことを相談されるのは分かっていたが、それでも二人きりで会ってみたいという浅ましい気持ちもあった。

今晩、大丈夫ですよ。

指先が勝手に動いているようだった。送ると、今度はすぐに電話がかかってきた。

あまりの性急さに、迷うヒマもなく電話に出ていた。

聞こえてくる声は、紛れもなく、あの少し乱暴な聡史の声だった。

早口に待ち合わせの場所と時間を告げられて、あっという間に電話は切られた。

いや、少しは別の話（たとえば、あと五分で会社につくとか）もしたのだろうが、あまりの展開の早さに、耳が追いついていけなかった。


会社に着くと、久しぶりに安藤が給湯室にやってきた。いつもと変わらぬ元気な声で、「あれ、今日は牛乳ないんだ？」と私の肩を叩《たた》く。聡史からの急な電話で、朝ごはんを買ってくることさえ忘れていたことに、今になって気がついた。

「ごめんなさい」

私が思わず謝ると、「自分の朝ごはん買ってきてないからって、俺に謝ることないだろ」と安藤が笑う。

そのとき梅木が給湯室に顔を出し、中で笑っている私たちを見て、「あ、ごめんなさい」と慌ててドアを閉めた。一瞬、気まずい空気が流れたが、すぐにその場を取り繕《つくろ》うように、「あ、そうだ。いろいろ心配かけたね」と、安藤が急に真面目《まじめ》な顔をする。

「え？」

とつぜんの態度の変化に、私がとまどうと、「亜希子のこと。この週末、二人でいろいろと、ちゃんと話せたよ」と安藤が笑みを見せる。

「あいつ、全部、話してくれた」

「全部？」

「ああ、全部。……全部、昔のことだって。よく言うだろ、やけぼっくいになんとかって……」

そう言う安藤に、「それでいいんですか？」と聞こうとしている自分に気づいて、私は慌てて目を逸《そ》らした。

私がうつむいたままだったので、安藤は、「コーヒーいつものやつね」と言い残して給湯室を出た。

私はデキャンタに溜《た》まったコーヒーを、並べたカップに注いでいく。一つ一つゆっくりと注いでいると、なぜかしら昨夜ベッドで読んでいたペソアの詩の一文が浮かんだ。それは真っ先に読み始めた「ポルトガルの海」の中にあった詩の一文で、その詩がなんという題名で、どういう内容だったかさえも覚えていないのに、その一文だけがはっきりと声になって頭の中でこだまする。

わたしたちはどんなことでも想像できる、なにも知らないことについては。

コーヒーを注ぐ手を止めて、実際に声に出して言ってみた。すると、不思議なもので、その前後の文章まですらすらと出てくる。

なにか変わったものがあるだろうか。
わたしたちはどんなことでも想像できる、
なにも知らないことについては。
わたしは心身ともに動かない。なにも想像したくない……

奇妙な体験だった。覚えようとしたわけでもない、たった一度、目で追っただけの文章が、まるでこびりつくように私の頭に残っていた。
私はなんとなく恐ろしくなって、慌《あわ》てて次のカップにコーヒーを注いだ。

8・夜のバスが好き

　夕方から雨が降り出した。会社をいつもより五分早く退社して、聡史との待ち合わせ場所へ向かった。聡史が電話で早口に指定してきたのは、年末に同窓会が開かれた居酒屋のあるドン・ペドロ4世広場のカフェで、私は約束の時間より十五分も早く到着したのだが、そこにはすでに聡史の姿があった。

　彼は窓際《まどぎわ》の席に座って、ぼんやりと広場を眺めていた。視線がこちらに向いていなかったので、店に入る前にその場で足を止め、彼の姿をしばらく眺めてしまった。自分がさしている赤い傘に、雨が当たって音を立てる。街中にその雨音だけが響いているような錯覚に陥る。

　何を考えるでもなく、聡史は本当にぼんやりしているようだった。そして彼がぼんやりすればするほど、その瞳《ひとみ》は何かを語り出すようで、一瞬たりともそこから目を逸らせなくなる。

人間の魅力というものは、人それぞれに人生経験を積み、そこからじわじわと滲《にじ》み出てくるものだ、などと聞いたことがあるが、カフェの窓際の席でぼんやりと外を眺めている聡史の横顔を見ていると、それがまったくの嘘《うそ》なのではないかと思えてしまう。たとえば、幼稚園で劇をやるとする。どの幼稚園にも、必ず王子様役に選ばれるという男の子がいて、同じように必ずお姫様役しか考えられない女の子がいる。

たかが生まれてから三、四年の人生経験で、彼らが王子様やお姫様にふさわしい魅力を得るはずがない。そう考えれば、人間の晴れやかな魅力というのは、決して人生経験からなどではなく、生まれた瞬間に与えられるか、与えられないかの違いなのだろうと私は思う。

どれくらい眺めていたのか、聡史がこちらに気づき手をふった。私は思わず今着いたようなふりをして、小走りにカフェに入った。

外の寒さとは打って変わって、店内は暖房が効きすぎていた。効きすぎた暖房の中、キャラメルの甘いにおいが立ち込めている。

「早く着いちゃってさ」

濡《ぬ》れたコートを脱ぐ私に、聡史が声をかけてくる。テーブルに置かれたコーヒーはすでにからっぽで、灰皿には三本の吸殻がある。

「何時ごろからいたんですか？」と私は訊《き》いた。

そう声をかけて初めて、今までこうやって聡史と二人きりで会ったことなどなかったのだと気がついた。

自分でも気味が悪いが、高校のころは夜になると、聡史と一緒にいろんなところへ出かけていた。もちろんベッドに入ってからの単なる空想だったが、その空想があまりにも鮮明で、もしかすると現実の記憶の中に少し混じっていたのかもしれない。

「五時前に家を出ちゃってさ」

そう言った聡史が、ちょうど注文を取りに来たウェイトレスに、「お代わりください」とからっぽになった自分のカップを上げて見せる。

「本田は？」

ウェイトレスの前で、苗字《みょうじ》で呼ばれ、ちょっとがっかりした。注文を取りに来たウェイトレスが、ずっと聡史を眺めていたのを、店の外から見ていたので、彼女の前を通って聡史のテーブルに向かう自分が少し誇らしかったのだ。

ウェイトレスは特に表情も変えず、私のほうへ目を向けた。

「紅茶下さい」と私が言うと、「レモンか、ミルクつけますか？」と事務的に尋ねる。

私は「いえ。どちらもいりません」と答えて席についた。

「ケーキかなんか食えば？」

聡史が大きなメニューを開こうとする。

「これから食事に行くんですよね？」

私がそう言うと、「あ、そうか。そうだ」と聡史が笑う。

ウェイトレスはそこまで私たちの会話を聞いて、厨房《ちゅうぼう》のほうへ姿を消した。

聡史といると、何か特別な時間を過ごしているような気がした。珍しくもないカフェで、あまりおいしくもない紅茶を飲んでいるだけなのだが、目の前に聡史という男がいるだけで、もう何年も、何十年もこの時間を待っていたような気さえする。

聡史が今夜、私を呼び出して話そうとしていることは、間違いなく亜希子のことなのだろうけれども、それが分かっていても、目の前で微笑《ほほえ》んだり、砂糖の袋を丸めたり、流れてくる音楽に聞き耳を立てたりする聡史を見ているだけで、この時間がもっと長く続けばいいのにと思ってしまう。

世の中には眺めていて飽きないものがいろいろとある。たとえば、海だったり、糸の切れた風船だったり、公園で遊んでいる子供だったり……。そんな中でも、聡史は森に近い。たとえば山荘から眼下に広がる森を眺めているような感じで、その深々とした緑がときには美しく見え、ときには恐ろしく見え、そしてときに吸い込まれそうになる。

考えてみれば、高校のころからずっとそうだった。一年先輩で、みんなの憧《あこが》れの的で、いつも堂々としていて、やさしくて……。ただ、そのやさしさに気を許して近寄ると、ちょうど森の中に美しい花があれば、すぐ近くに棘《とげ》のある蔦《つた》があるように、気軽に近寄った私たちの志気を平気で挫《くじ》く。森の中を容易に見られないからこそ、私たちはその森から離れられなくなり、森の外からじっと中を窺うことになる。

ほとんど私が登場してこない昔話ばかりをしていた聡史が、急に表情を変えて亜希子の名を出したのは、カフェから近くのイタリアンレストランに場所を移し、前菜のアスパラガスを食べ終わったころだった。

「最近、会った？」と聡史は言った。

その前の話が、真木の話だったので、私はてっきりその話の続きだと思い、「真木くんとは同窓会で会いましたよ」と笑った。

「あ、真木じゃなくて、亜希子。あいつに最近会ったかなと思って」

聡史はクスッとも笑わず、性急に質問の意味を正した。

「あ、ああ……。亜希子さん。……亜希子さんとは、あれ以来、会ってません」

あれ以来という言い方が、少し嫌な印象を与えたようだった。慌てて、「同窓会以来」と言い直そうとしたが、タイミング悪くウェイターがワインを注ぎにくる。

「連絡ないんだ、最近」と聡史は言った。

「そうなんですか」と私は目を逸らした。

「本田になら、なんか連絡してるかなって思って」

「私に？　どうして？」

「いや、なんとなく……。あいつが本田とは未《いま》だに仲がいいって、そんな風に言ってたし……、あのときもほら、本田に頼んでたから」

同窓会の夜、トイレから出てきた私を捕まえて、険しい顔で「お願い」と手を合わせた亜希子の顔が蘇《よみがえ》る。

「急にメールがこなくなってさ」と聡史は言った。

「ずっと連絡取り合ってたんですか？」と私は訊いた。

「あのあと、……あの同窓会のあと、俺が東京に戻るまで毎晩会ってたんだ。まさか、あいつと初詣《はつもうで》するとは思わなかったよ」

聡史の声はどこか疲れているようだった。

「そのあとは？」と私は訊いた。「東京に戻ってからはメールだけだったんですか？」と。

私の質問に、聡史が久しぶりに私を見た。そして、力が抜けていくように微笑み、力尽きたようにふっと鼻で笑う。

「……なんか、悪かったな」

「え？」

とつぜん声のトーンを変えた聡史を、私は思わず覗《のぞ》き込んだ。

「いや、こんな話のためにわざわざ呼び出しちゃって」

「私は別に……、大丈夫ですよ。こんなにおいしいものご馳走《ちそう》してもらって……。ですよね？　これ聡史さんのおごりでしょ？」

私はわざとふざけて見せた。力尽きたように笑っていた聡史の表情に、もうちょっとだけ元気のある笑みが広がる。

「本田ってさ、いい奴《やつ》だな」

「え？」

「いや、高校のころからそうだったけど、なんか気がつくと俺のそばにいるよな。それも、なんか俺が落ち込んでるとき」

聡史にまっすぐに見つめられたままそう言われ、私は慌てて口元をナプキンで拭《ぬぐ》った。

「そんなぁ、私を背後霊みたいに言わないで下さいよ」

「いや、ほんとだよ。お前、覚えてるかな？　高校総体が終わったあと、マクドナルドで打ち上げしたろ？　俺さ、そのときのこと、すげぇ覚えてて、ほら、結局俺、決勝行けなかっただろ？　実はあのとき、みんなが心配してくれてる以上に落ち込んでてさ。なんか、自分でも情けないけど、ちょっと気がゆるむと泣き出しそうだったんだよ」

聡史が言っている場面を、私もちゃんと覚えていた。覚えているどころか、そのあとに彼が私の牛乳を奪って、自分のコーヒーに入れた光景さえ、まるで昨日のことのように思い描ける。

「……で、あのときもなぜかしらお前が俺の横に座ってたんだよ。俺もあのときは意識してなかったけど……。卒業してからも、ふとあの日のことを思い出すことがあってさ、思い出すと、『そういや、隣に本田が座ってたなぁ』なんて、ヘンなこと覚えてるもんだよな？」

ウェイターが次の料理を持ってきて、聡史の話はそこで終わった。しばらく二人とも何もしゃべらずに黙々と食べにくい魚料理と格闘していた。

「なんか、こうやってると、まるで本田と会うために会社休んでまで、この街に帰ってきたみたいだよ」

とつぜん聡史がそう笑って、口に含んでいた魚の小骨を噴き出しそうになる。

「会社休んできたんですか？」

「そう。こんなの初めてだったからさ」

「こんなのって？」

「いや、口にすると恥ずかしいんだけど、あいつからメールが来なくなって、何も手につかなくて……」

聡史がとても言いにくそうだったので、「重症だ」と私は笑ってあげた。

「ただ、今日一日休んだだけだぞ。明日、明後日《あさって》は土日でどうせ休みだし」

「それにしても社会人が会社を一日休んだんでしょ？」

「そう。恋煩《わずら》いで」

「重症ですよ」

ナイフとフォークで魚をほぐす手つきが、いつの間にか二人ともスムーズになっていた。店内は他の客もいたが、テーブルの間隔が広く取ってあるので、向こうの声は聞こえてこない。

「本田って、彼氏いるの？」

あまりに唐突だったので、「いませんよ」と、なんの衒《てら》いもなく答えてしまった。

その答え方が面白かったらしく、聡史がケラケラと声を上げて笑い出す。

「だったらさ、明日、明後日、俺に付き合わない？」

「明日、明後日？」

「ほら、せっかく戻ってきてんのに、二日間もお袋と一緒に家でごろごろしてても、もったいないだろ。だからさ、失恋した男を慰めるボランティアのつもりで、駄目？」

とつぜんの誘いに、正直戸惑った。もちろん一緒に時間を過ごしたい気持ちはあるのだが、一緒に時間を過ごせば、三日後には自分が苦しくなるのは間違いない。

「なんか予定でもあんの？」

顔を覗き込まれて、「いや、そうじゃないんですけど」とぼそぼそと呟《つぶや》いた。言い方が弱々しかったのか、それを了解と取ったのか、聡史が、「よし、じゃあ、決まりだな。さぁ、どこ行く？」とますます顔を近づけてくる。

「亜希子さんはいいんですか？」

時間を稼ごうとつい口から出てきた言葉がこれだった。一瞬、聡史の顔から笑みが消える。

「あいつには旦那《だんな》がいるんだよな。最初から分かってたことなんだ。あいつにとっては、久しぶりに昔のアルバムをめくってみただけのこと。それを俺が勘違いして、また新しいアルバムを作り始めようとしただけなんだと思う」

「それでいいんですか？」

「こっちがよくなくても、向こうがもう……」

「いや、そうじゃなくて、聡史さんは本当にそれでいいんですか？」

珍しくきっぱりとそう言えた。明日と明後日に何か大きな期待をかけているわけではなかったが、聡史からその答えだけは聞きたかった。

「……この街から出てって、もう何年になるかなぁ」

聡史がワインをごくりと飲み干して、ゆっくりと話し出す。

「……東京の大学に通って、そのまま向こうで就職して……、こんなこと言うと、自分でも情けないんだけど、東京で暮らすようになってもう何年も経《た》つのに、なんていうか、この街にいた自分に勝ったと思える瞬間が一度もないんだよ」

聡史はそう言うと、からっぽのグラスからワインを飲もうとし、すぐに気がついてグラスを置いた。

「……ずっと負けっぱなしなんだ。この街にいた自分に。……だからかな、この前、亜希子に会って……」

　続きは聞かなくても、なんとなく分かった。私はこの街にいた聡史しか知らない。でも、みんなそうなんじゃないかとも思う。みんな昔の自分を見返したくて、必死に毎日を過ごしているんだと。それが聡史や亜希子のような人間ならなおさらだ。昔、輝いていた人であればあるほど、その敵は手ごわくなるのだ。

「あの、明日なんですけど、市民の森にハイキングに行きませんか？　冬だけど、ちゃんといっぱい洋服着て、寒くないようにして、森で焼きいも焼きましょうよ」

　自分でも驚くようなタイミングで、私は聡史にそう言っていた。一瞬、きょとんとした聡史が、「焼きいも？」と大げさに顔を歪《ゆが》めて笑う。

「私、おいも買ってきますから、聡史さん、軍手用意してください」

「軍手？」

「だって、焼きいもって軍手のイメージありません？」

「分かった。俺は軍手な」

「はい、それで私がおいも」

そう言って、何度かお互いに肯《うなず》き合った。改めて、この時間がもっと長く続けばいいのにと私は思った。

ガレット通りのバス停まで、聡史が送ってくれた。いつもはなかなか来ないくせに、こんな夜に限って時間通りにバスがやってくる。慌《あわただ》しく明日の約束を交わし、私はバスに飛び乗った。走り出したバスを聡史が追いかけてくる真似《まね》をして、私は思わず声を上げて笑ってしまった。バスが角を曲がるまで、車道に立つ聡史の姿が見えた。

幸い、最終に近いバスで、乗客はほとんどいなかった。いつものように後部座席に向っていると、途中で見覚えのある若い男と目が合った。

一瞬、取引先の誰かかと思ったが、その乱れた髪を見て、この前ポンバル侯爵広場の書店で「ポルトガルの海」を立ち読みしていた男だと気がついた。

男は窓の外へ目を向けていた。自分では一番後ろまで歩いていくつもりだったのだが、ちょうどバスが大きく揺れて、その人が座る真後ろの席に、倒れこむように座ってしまった。もう一度立ち上がってもよかったが、なんとなく、また立ち上がるのも格好悪いなと、そのまま体勢を整えた。

　雨に濡《ぬ》れたガラス窓にその人の顔が映っていた。書店で会ったときも、誰かに似ているような気はしたのだが、ガラス窓に映っている彼の横顔を見ているうちにそれが誰なのかが急に分かった。とても身近にも感じられるのに、その身近さがすぐにありふれた印象に変わってしまう。しばらく考えていると、ふとある人の顔が浮かんできた。そう、真木に似ているのだ。それも先日、同窓会で会った真木ではなくて、まだ高校生だったころ、ジャージ姿で街をぶらぶらと歩いていた真木に。

　もしも乗客がたくさんいれば、決して彼に話しかけたりしなかったと思う。いや、乗客の数よりも、自分があの聡史と楽しい食事を終え、あの聡史に見送られてバスに乗っていなければ、そんな勇気が湧《わ》くはずもなかっただろう。その上、あの聡史と明日も会うのだという気持ちが、自分でも信じられないほど、自分自身を浮かれさせていた。

「あの」と声をかけたとき、彼は私が酔っているとでも思ったのかもしれない。ふり向いた表情は穏やかだったが、その奥に少しだけ警戒するような色があった。

「あの、とつぜん、すいません」と私は言葉を繋《つな》いだ。

その口調で私が酔っているわけではないと感じたのか、彼はくるっと体を私のほうに向けてくれた。そのときシートの背に乗せられた彼の手に、絵の具がついているように見えた。もしかすると錯覚だったのかもしれないが、浅黒い手の甲や、無骨な指に、とても深い青や、はっとするような黄色い絵の具がついていたように見えたのだ。

「あの、この前、本屋さんにいらっしゃいましたよね？」

自分でも不思議なくらい自然に言葉が出てきた。

「え？」

「あ、えっと、北町のダイエーの隣にある正文堂って本屋さん」

「あ、ええ」

やっと理解したらしく、彼が少し緊張しながらも表情を崩す。何かスポーツをして灼《や》けているというよりも、地が黒いらしく、そのキメの細かい浅黒い頬に、うっすらと銀色の産毛《うぶげ》が生えている。

彼は警戒をとくべきなのか、持続させるべきなのか、判断に困っているようだった。

「ごめんなさい。なんか、急に話しかけちゃって」

「あ、いえ」

「あの、私もあのときあの本屋さんにいて、そのときちょうどあなたがその『ポルトガルの海』って本を手に持ってて……」

「あっ」

彼が急に何か思い出したように目を見開く。

「でかいビニール袋持ってたでしょ？」と彼が訊《き》いてくる。

「あ、はい」と私は答えた。

「で、マツタケのふりかけ……」

「あ、はい、落として……」

「思い出した」

そこでやっと彼の表情から警戒の色が抜け、私もやっと微妙に浮かせていたお尻《しり》をシートに下ろした。

「実は、あのとき、あなたが見てた本がきれいだったから、あの日、家に帰ってから、ネットですぐにあの本買ったんです、私」

「ペソアの『ポルトガルの海』？」

「そう、そのペソア」

「どうでした？」

「え？」

「まだ読んでないんですか？」

「あ、いえ、一日で読んじゃいました。詩だったから、すらすら読めちゃって。あ、もちろん、何も理解できてないと思うんだけど……、でも、おもしろかったんですよ。詩なんて初めて読んだけど……」

「俺、あれ買おうかと思って、やめちゃったんです」

「そうなんですか？」

「やめて、もう一冊のほうを買ったんだけど……」

「もう一冊のほうって？　『不穏の書、断章』とかいう奴《やつ》ですか？」

「あ、そう。え？　それも買ったんですか？」

「え、ええ。一緒に」

「どうでした？」

「そっちはまだ……」

「おもしろかったですよ。俺も、理解できてるかどうかは別にして、一日で読んじゃいましたから」

バスは雨の7月24日通りをゆっくりと走っていた。窓の外に暗い港が広がって、まるでバスの中だけがこの世にぼんやりと浮かんでいるようだった。

バス停で止まっても、乗り込んでくる客はいない。一人、二人と客が減り、いつの間にかジェロニモス修道院前に着くころには彼と私だけになっていた。

「この辺に住んでるんですか？」

しばらく前を向いていた彼が、降車ボタンを押した私のほうをふり向いた。一瞬、答えてもいいものか迷ったが、本の話をしていた彼に警戒すべきところはなかった。

私は「はい」と肯くと、「あなたは？」と逆に尋ねた。

「俺は、終点まで」

「ずっと、そこに住んでます？」

狭い街の路線バスだから、もしもずっと彼がこの街で暮らしていれば、これまで会わなかったほうが不思議だ。

「いえ、一年ぐらい前に引っ越してきて」

「お仕事で？」

「うーん、仕事というか……」

彼が言葉を濁すので、敢《あ》えて深入りはしなかった。

バス停はまだ遠かったが、なんとなく気まずくなり、私が席を立とうとすると、

「あの、とつぜんだけど、ヘンな質問していいですか？」と彼が言う。

「ヘンな質問？」

私は上げかけたお尻をまたシートに落した。バスの中には一日のにおいが詰まっているようだった。通勤客を乗せた朝のにおい。奥さんたちが買い物に出かける午後のにおい。そして少し疲れた者たちを自宅へと運んでいくにおい。夜のバスに乗っていると、なぜかしら心が落ち着いてくる。

「あの、ヘンな奴だと思わないで下さいね」

彼がそう前置きするので、「私だって、とつぜん後ろから話しかけたりしちゃったけど、ヘンな女だと思わないで下さいね」と笑った。

私の言葉に勢いがついたのか、彼はたしかにヘンな質問をした。

「あなたって、自分は何色だと思います？」と訊いてきたのだ。

「え？」

思わず訊き返した。自分でも不思議なのだが、とてもプライベートなことを質問されたような気がして、顔が赤くなりそうだった。

「じ、自分が何色か、ですか？」

私が改めて尋ね返すと、彼も肯《うなず》きながら、少し照れたように頭を掻《か》く。そのとき、私は彼の指がやはり絵の具で汚れているのを見逃さなかった。

「あの、もしかして絵描きさんだったりします？」と私は訊いた。

彼のほうでもすぐに自分の手の汚れに気づいたらしく、さっとその手をシートの向こうに隠して、「絵描きというか、警備員が絵を描いてるって言ったほうが当たってるかな」と笑う。

その辺りでちょうどバス停が見えてきた。彼もそれに気がついて、「もし今度どこかで会ったら、教えてください」と言う。一瞬、何のことだか忘れていて、「あ、ああ、色ですよね」と私は言った。

立ち上がる私に、「はい、色です」と彼は言った。

私はドアのほうに向かいながら、「考えときます」と答えた。ドアが開き、私はステップを下りた。傘をさし、歩道に飛び移る。すぐに背後でドアが閉められ、ゆっくりとバスが走り出す。ふり返ると、慌《あわ》てて窓を開けようとする彼の姿がそこにあった。見ている私のほうが慌ててしまって、思わずその窓に手を伸ばしそうだった。

ただ、窓は開かなかった。手間取っているうちに、バスは走り出してしまい、そのまま暗い通りに飲まれていった。

珍しくワインに酔っていたのかもしれない。家に向かって歩いていると、聡史といたレストランでの光景や、人生で初めて見知らぬ男にこちらから声をかけた自分の姿が、次から次に浮かんできた。

雨を含んだ風は痛いほどに冷たかったが、火照《ほて》った頰や首筋にはどこか心地よくも感じられた。

店のシャッターを開けて中に入ると、誰かに何やら言っている父の声が聞こえてきた。こんなに遅くまで海原さんが残っていることはないのだが、気分が良かったせいもあって、「お父さん！　鍵閉《かぎ》めちゃっていいの？」と大声で訊いた。奥から「ああ、いいぞ」という声があり、父と一緒にいるのが海原さんではないことが分かる。

誰がいるのだろうかと首をひねりながらドアを開けると、なんてことはない、ダイニングの椅子《いす》に風呂《ふろ》上りの耕治の姿があった。

「なんだ、来てたの？　珍しい」

私はそう言いながら部屋に上がった。いつになく気分が高揚しているのが、弟や父にも伝わるのか、二人が少しきょとんとした顔で私を見ていた。

「遅かったな」

父にそう訊かれ、「ちょっと友達と食事してたから」と私は答えた。ダイニングテーブルには海原さんが用意してくれたらしいチャーハンが皿に盛られてラップがかけられている。

「耕治、晩ごはん食べてないなら、これ食べていいよ」

そう言いながら、自室へ向かおうとすると、「俺、親父《おやじ》たちと一緒にもう食ったよ」と耕治が言う。

一瞬、父と海原さんに挟まれて食事をする耕治の姿が奇妙に思えたが、いつものように黙々と食べていただけに違いない。

「お前、ちょっと時間あるか？」

テレビを消した父の声が、階段を上がろうとした私の背中に届く。特にもったいぶった言い方でもなかったが、いつものように、「ちょっと水割り作ってくれ」と頼むような軽い感じでもない。

「何？」

私が面倒臭そうにふり返ると、二人がじっと私のほうを見ている。

「何よ？」

二人の表情に押されて、私は改めてそう訊いた。

「ちょっと、いいから、そこに座れよ」

父がそう言って耕治の隣の椅子のほうにあごをしゃくる。

「な、何よ……」

多少不安になってきて、私は二人の顔を交互に見つめながら椅子に座った。しかし、それでも二人とも口を開かない。話があるのが父なのか、耕治なのかも分からない。

「な、なんなのよ」

私はこちらの緊張が伝わらないように、無理に明るい声を出した。

「……子供ができたって」

ぽつりと言い放ったのは父だった。

「え！」

思わず声を張り上げてしまった。張り上げた声が部屋に響き、その声が店を抜けて、街中に聞こえるようだった。

「嘘《うそ》でしょ！」

今度は少し声を抑えて叫んだ。

「嘘じゃないよ。こんなことで嘘ついてどうすんだよ」

私のリアクションが大きすぎたのか、父がそう言ってむくれてしまう。

「で、海原さんは何て言ってんのよ？　まさか産むつもりじゃないよね？　だって、海原さん、初産《ういざん》でしょ？　え？　海原さんっていくつだっけ？」

一人興奮して喋《しゃべ》りまくる私を、父がぽかんと見つめている。その視線に、ふと気がついた。そして慌てて、私は隣に座る耕治に目を向けた。

耕治は濡《ぬ》れた髪にバスタオルを乗せたまま、テーブルに置かれてるみかんを手で弄《もてあそ》んでいた。耕治がダイニングにいると、この家がとても小さく見える。その長い手足が少し動くだけで、魔法がかけられたようにこの家が小さくなっていく。

「こ、耕治？」

私はかすれた声でそう訊いた。俯《うつむ》いたままの耕治は顔を上げない。その代わり、テレビの前に座っている父が、「そうだよ」と呆《あき》れたように深く肯く。

「ほんとなの？」と私は訊いた。

やっと顔を上げた耕治が、みかんを手の中で軽く握りながら、「ああ」とぶっきらぼうに答える。

「ああって、あんた」

私はそのみかんを奪いとった。どれくらい握っていたのか、甘そうなみかんが人肌にあたたまっていた。

「……産ませたいんだとよ」

そう言ったのは父だった。まるで他人事《ひとごと》のように聞こえるが、このような家族の一大事には必ずといっていいほど、父はこんな口調になる。もちろん無関心なわけではない。単なる癖なのだ。母が危篤《きとく》だと病院から電話があったときも、父はやはり今と同じ口調で、「お母さんが、危篤だとよ」と言ったのだ。

「だって、あんたまだ学生じゃない。学校どうすんのよ？」

私は何か言わなければと慌ててそう言った。すぐに父が、「それは俺も言ったよ」と言葉を添える。

「辞めるよ」と耕治が呟《つぶや》く。

「辞めるよって、……辞めて、どうすんのよ？」

「働くよ」

「そんな、簡単に……」

私が言葉を失うと、すっくと耕治が立ち上がり、「姉貴がなんて言おうと、もう決めたんだよ。今日は相談に来たんじゃない。報告に来ただけだ」と言い放つ。

「お父さん……」

私は父に助けを求めた。きっと私が戻ってくる前に、まったく同じような会話があったのだろう、父もすっかり諦《あきら》めたように首をふる。

　まだ何も話していないのに、耕治がテーブルに置かれたヘルメットを手に取って、部屋から出て行こうとする。私は慌ててその手を掴《つか》んだ。

「ちょ、ちょょっと待ってよ」

「なんだよ」

「分かった。反対はしないから、とにかくもう一回、冷静になって一緒に考えてみようよ」

「だから、もう考えたって言ってるだろ」

「だって、もったいないじゃない……」

　思わず出た言葉だったが、特に深い意味があるわけじゃなかった。しかし、その言葉を耳にした耕治の目に、これまで一度も見たことがないほどの憎しみの色があった。

　私はその視線を浴びて、一瞬、背筋がぞっとした。幼いころから可愛《かわい》がってきた弟が、幼いころからずっと、私の唯一《ゆいいつ》のプライドだった弟が、憎しみの込もった目で自分を見ている。

「なぁ、もう俺におぶさってくるの、やめてくれよ」

思いがけない言葉だった。私はその声が本当に耕治の口から出ているのか、無意識にその唇に手を伸ばしそうだった。

「俺は、姉貴が思い描いてる『おとぎの国』の王子様じゃないんだよ。俺の人生は、姉貴の人生じゃないんだぞ」

耕治がうんざりしたようにそう言った。「おとぎの国」という言葉で、思い切り頭を殴られたようだった。反論しようと思ったが、その言葉が浮かんでこない。その代わりに、覚える気もなかったはずの、ペソアの言葉が蘇《よみがえ》る。

わたしたちはどんなことでも想像できる、
なにも知らないことについては。

「姉貴、めぐみに何言ったんだよ？」

目の前に耕治の顔があった。その美しい顔が苦痛に歪《ゆが》んでいる。

「あいつ、何も言わないけど、俺には分かるんだよ」

「お姉ちゃんは別に……」

「俺がそばにいてほしいと思う女が、俺に一番似合ってる女なんだよ。どうしてそれが分かんないんだよ？　なぁ？」

「だから、お姉ちゃんは別に……」

「俺、姉貴のこと、許さないからな。俺の女を馬鹿《ばか》にした姉貴のこと、一生、許さないからな」

　ふと気がつくと、耕治の腕を父が押さえていた。信じたくはなかったが、耕治が私を殴ろうとしていたのだ。

　私は全身から力が抜けて、すっとその場にしゃがみ込んだ。そんな私を跨《また》ぐように耕治が部屋から出て行こうとする。

「お姉ちゃん、間違ってない！」

　思わず出した声だった。何か声を出さなければ、このまま一生耕治に会えないような気がした。私の声に、耕治がふり向かずに足だけを止める。

「……お姉ちゃん、絶対に間違ってない！　本人たちがどんなに信じあってても、いつか必ず信じられなくなるときが来るの！　そのとき、絶対にあんたはあの子じゃなかったって思う。自分にはもっと似合いの女がいたはずだって思う。自分が一生を棒にふったのは、あの子のせいだって思う！　そうなったとき、一番可哀《かわい》そうなのは、あの子じゃない！　なんであんたに、あの子をそこまで傷つける権利があるのよ！　あの子を馬鹿にしないで！」

気がつくと、そこに耕治の背中はなかった。必死に繋《つな》いだ自分の言葉だけが、まるで大蛇のように部屋の中でとぐろを巻き、今にも私の体に絡みついてくるようだった。

9・アウトドアは苦手

雪が降った。積もりそうではなかったが、今年初めての雪で、会社帰りのバスの中から港の水面に吸い込まれていく粉雪を眺めていると、今にもバスを飛び降りて、冷たい雪を一身に浴びたいような気持ちになった。

私は昼休みに届いた聡史からのメールを開いた。もう五度目になるのだが、やはりそこには、間違いなく、

今週末、東京に来れるよな？　待ってるから。

と書いてある。何度読み返しても、やはりそう書いてある。

粉雪が窓ガラスに当たってとけた。バスの中が暖房で暖かいせいか、いくつもの

雪が必死にぶつかってくるのだけれど、ガラス窓に当たったとたん、さっと姿を消すようにとけてしまう。中には水滴になって、すっと下に流れるものもある。ただ、粉雪は雨粒のように長い尾を引くことはない。

この街で週末を過ごした聡史が東京に戻ってからも、メールのやりとりが続いている。最初の三日は毎晩電話があったのだが、毎日遅くまで残業のようで、かかってくるのは決まって二時ごろ、こちらは何時まででも待っていられるのだが、向こうが申し訳なく思うらしく、知らぬ間に、平日はメールだけのやりとりにする、という私たちのルールができていた。

聡史からのメールはとても短い。忙しい合間にわざわざ打ってくれているのだと思えば、その言葉の一つ一つ、たとえば「今日の晩めし、またコンビニ弁当」だとか、「昨日やっとクリーニング屋に行けた」などというたわいもない言葉が、まるで二人の気持ちを確かめる暗号のようにも読めてしまう。

亜希子に会うためにこの街にきた聡史と、思いがけず食事をし、翌日、市民の森にハイキングに出かけてから、まだ十日も経《た》っていないのに、この十日間がまるで一年のようにも感じられるし、まるでたったの一時間のようにも感じられる。もしかすると、時間というのは規則正しく流れているのではなくて、まるで風のようにときに強く、ときにゆるやかなものなのかもしれない。

聡史とハイキングに行く約束をした土曜日は、あいにくの雨だった。十二時に彼が車で迎えにくることになっていたのだが、雨だったので、私は、その一時間前に彼の携帯にメールを送った。

メールを送ると、すぐに電話がかかってきた。

「雨だな」と、それほど残念そうでもなく彼が言うので、てっきり中止になるのだろうと落胆していると、「でもさ、とりあえず行ってみないか?」と彼が誘う。

「この雨の中?」と私は訊《き》いた。

「とにかく行ってさ、ずっとこのままなら帰ってくればいいよ」

たしかに聡史が言うとおり、車で森に向かっているうちに、雨があがらないとも限らない。草が濡れていて、さすがに焼きいもはできないかもしれないが、聡史が行ってもいいというのなら、私に断る理由はなかった。ただ、内心ほっとしている自分もいた。ハイキングに行って焼きいもを焼きましょうなどと、理想的で健康的なデートを軽々しく提案したのはいいが、その理想的で健康的なデートに、自分がうまく適応できるのか心配なところもあったのだ。

聡史は父親の車を運転してきた。息子が息子なら、父親もきっと生まれつき魅力のある男なのだろう。車種までは分からなかったが、聡史がハンドルを握る黒い4WDの助手席に乗ったとたん、そう思った。

市街地から少し離れた市民の森へ向かう途中、聡史はあまり喋らなかった。昨日、眠れなかったんだ、と言うので、眠れぬ原因は亜希子のことだったのだろうと分かってはいたが、喋らない代わりに繰り返しかけていた曲が、私の好きなノラ・ジョーンズのCDで、前に亜希子が、「私、あんまりこの手のだらっとした曲、好きじゃないんだよね」と言っていた言葉を思い出し、聡史が亜希子ではなく、私を選んでくれたような気がしなくもなかった。

子供のころ、毎年のように遠足に来ていた森だったが、十数年来ないうちに、すっかりその様子を変えていた。昔は砂利道だったところが舗装され、市街地が見渡せる山頂には駐車場付の展望台まで出来ていた。

聡史は黒い4WDをその駐車場の、一番崖《がけ》っぷちに停めた。フロントガラスの向こうに、今にも雨雲で覆《おお》われてしまいそうな市街地が見え、どす黒い港の手前には、私が毎日バスで通っている7月24日通りも見えた。

「昨日からずっと不思議だったんだけどさ……」

聡史はエンジンを止めると、ふと思い出したようにそう言った。ワイパーの動きが止まると、あっという間にフロントガラスを雨粒が覆い、その先の景色を焦点の合っていない写真のように変えてしまう。

「なんか、本田ってさ、この街に似てるよな」

聡史の口から続けて出てきた言葉がこれだった。一瞬、馬鹿にされているのかと思った。ただ、そう言ってこちらに向けられた彼の目に、そのような意地悪な色はない。

「この街にですか？」と私は訊いた。

「なぁ、その敬語だけど、そろそろやめないか？　たしかに高校んときは俺のほうが一年先輩だったけど、今となったら同じようなもんじゃん」

聡史が再びキーを回して、少しだけ窓を開け、タバコに火をつけようとする。ただ、こちらとしては、とつぜんそう言われても、急に馴《な》れ馴《な》れしくも話せない。

「俺、この街が嫌いだったんだよ……、あ、ごめん、そういう意味じゃなくて……」

聡史は自分でそう言って、すぐに慌《あわ》てた。慌てすぎて火をつけたタバコをシートに落としそうになる。

「……だからお前がこの街に似てるってわけじゃなくて、なんていうか、たしかに高校生のころは早くこんな街から出て行きたいって思ってたんだけど、今となってみると、全部が懐《なつ》かしくてさ、自分がこの街の人間なんだって、ほんと心からそう思うときがあるんだ。正直、この街に戻りたいって気持ちもないわけじゃなくて、ただ、今さら戻ってきても、こんな小さな街じゃ碌《ろく》な仕事もないだろうから、それは無理なんだけど、でも、なんていうか、とにかくさ、これが俺の生まれ育った街なんだって、誰かに自慢したいときもあって……」

聡史の言葉を聞きながら、私は街の風景を思い描いていた。ただ、浮かんでくるのは現実のこの街ではなく、リスボンの写真、美しく、真っ青な空が広がる街だった。

私がなんの反応も示さないでいると、急に聡史が笑い出した。一瞬、その理由が分からず混乱しそうになったが、「あのさ、お前、分かってる？　いちおう今の口説き文句なんだけど」と更に笑う。

私はその言葉にもっと混乱し、「で、でも、私はだって、今日は、亜希子さんの代わりじゃないですか？」と、なんとも可愛げのないことを言ってしまった。

言った瞬間、聡史の表情が暗くなる。雨が強くなっていた。フロントガラスを、車の屋根を、まるで殴るように落ちてくる。

「亜希子はこの街じゃないよ」と聡史は言った。

「……あいつはこの街じゃない。俺と同じようにこの街を出たがってた人間で、それができなかった女だと思う。あいつにはこの街が似合わない。似合わないのに、出て行けないもんだから、いっつも不安なんだと思う」

「でも、聡史さんは、そんな亜希子さんを選んだんじゃないですか」

私は聡史の手が置かれていないハンドルを見つめながらそう言った。

「そうだよな。……今、考えると、ほんと馬鹿だよ。ほんとに後悔している。あの夜、同窓会に行ったとき、真木にリスト見せてもらったんだ。ずらっと並んだ名前の中で、なぜかしらお前の名前が真っ先に飛び込んできてさ、なんていうのか、その中の誰よりも懐かしくて……、これ、作り話じゃないぞ、自分でも理由が分からないんだけど、会いたいって思ったんだ。それなのに、あのざまだよ。あいつが現れて、みんなに冷やかされているうちに、まるで昔の自分に戻ったような気になって……」

どこまで話せば核心に触れるのか分からなかった。もっと言えば、何を話せば、核心なのかも分からなかった。ただ、そのぼんやりとした核心に、この雨に閉じ込められた自分と聡史が近づいていることだけは実感できた。

「どうする？　雨上がらないな」

エンジンを止めていたので、車内が寒くなっているはずだったが、体が火照《ほて》ってまったくそれを感じなかった。

しばらく沈黙が続いた。森には、雨の音だけだった。

そのとき、すっと聡史の手がキーを回した。ぶるぶるっと車体が震えたあと、温かい風が吹き出してくる。

「弟がいるんですけど……」

無意識にそんな言葉が口からこぼれる。

「知っているよ。あの二枚目くんだろ？」

聡史が窓を閉めながら、そう言って微笑《ほほえ》む。

「二枚目かどうかは分からないけど、その弟がまだ大学生のくせに……」

「くせに？」

「なんていうか、彼女がいるんですけど……、結婚したいなんて……」

「子供？」

聡史が間髪入れずに訊いてくる。

「え？　なんで分かりました？」

「そりゃ、分かるよ」

このまま耕治の話を続けると、めぐみへの愚痴になりそうだった。ただ、めぐみがいかに耕治には不似合いな女かということを話せば話すほど、自分と聡史の関係を自ら壊そうとすることになるような気がして、私は慌てて口を噤《つぐ》んだ。

「なんか、その話のあとで、こんな風に誘うのもあれだけど……」

とつぜん黙り込んだ私に、聡史が少し照れくさそうに声をかけてくる。すでにワイパーも動き出し、雨雲に覆われそうな市街地の景色がまた見える。

「あのさ、思い切って言うよ。なんか、高校生みたいで恥ずかしいけど」

「な、なんですか？」

「このあと、俺としては、ホテルに行きたい」

「え？」

「だから、このままお前と別れて、東京に戻りたくない」

私は少し身を引きながら、そう言った聡史のほうに目を向けた。彼はフロントガラスの先を見ていた。その横顔を、私はもうずっと前からいつも見ていたような気がした。

「いい？」

聡史が市街地を見つめたまま訊いてくる。私は思わず肯《うなず》きそうになって、慌てて奥歯に力を込めた。

「あの……」

「ん？」

聡史の顔がゆっくりとこちらに向けられる。

「ホテルじゃなくて、私、聡史さんの部屋に行ってみたい」

ゆっくりとだったが、はっきりとそう言えた。そんな言葉を用意していたわけではなかったのに、もう何年も前から用意していたようにはっきりと。

「俺んち？　別にいいけど……、ずっと使ってないから、なんもないぞ」

「はい」

「今日は親父《おやじ》たちもいないから、俺はいいけど……」

「だったら」

「ホテルとかって嫌いなの？」

私は返事をしなかった。聡史はそれ以上、何も言わずに黙って車を発進させた。

生まれて初めて訪れた聡史の部屋は、想像していたのとはまったく違った。ただ、高校のころにはいろんな聡史の部屋を想像していたので、どこがどう違うのか、自分でも分からなかった。

高校を卒業するまで使っていた部屋らしく、未《いま》だに男の子のにおいがした。壁際《かべぎわ》にパイプベッドが置いてあって、趣味の悪い柄の布団《ふとん》がかけられ、枕《まくら》には酒屋の電話番号が書かれたタオルが巻いてあった。

ただ、あのころの聡史がこの部屋から毎日学校に来ていたのかと思うと、それだけでなぜかしら胸が締めつけられるほどせつなくもあった。

今週の金曜日、7時24分発の電車に乗って東京に向かうとメールを送ると、すぐに聡史からの返信があった。

じゃあ、東京駅で待ってるよ。何号車に乗るか、分かったらメールくれ。

このメールを読むだけで、もう自分が東京駅に降り立っているようだった。

父に頼まれていた買い物をふと思い出したのは、バスが港を離れようとしているころだった。一瞬、明日でもいいかと思ったが、「明日が誕生日なんだから、今日頼むぞ」ときつく言われていたことを思い出し、慌てて降車ボタンを押した。

明日が海原さんの四十うん回目の誕生日らしかった。何かプレゼントを贈りたいけど、何を贈ればいいのか分からないので、てきとうに見つくろって買ってきてくれと、父に頼まれていたのだ。呆《あき》れた私が、「予算くらい教えてくれなきゃ、何を買っていいか、私だって分からないよ」と言うと、「そうだなぁ、三万くらいでいいか?」と逆に質問された。ただ、この年になって女の人に誕生日プレゼントを贈ろうとしている父が可愛《かわい》らしくも見え、「分かった。でも買ってきたものに絶対ケチつけないでよ」と念を押して承諾した。

そのときふと気になって、「お母さんには何もプレゼントなんてしてなかったくせに」と私が言うと、一瞬言葉を詰まらせた父が、「してたよ」と照れくさそうに答える。

「嘘《うそ》?」

思わずそう叫んでしまった。

「嘘じゃないよ。毎年、ちゃんとしてたよ」

「私、一度もそんな話聞いたことないよ」

「なんで、お前に言わなきゃならないんだよ?」

「そりゃ、そうだけど……、で、たとえば何をプレゼントしてたの?」

「たとえば?」

「教えてよ。参考にするから」

「そうだなぁ、靴とか、化粧品とか……。誕生日の前になると、あいつが『今年はあれ買ってくれ、これ買ってくれ』って、リストみたいなの作ってたんだよ。こっちはその通りに『はい、はい』って買ってただけさ」

父はつまらなそうに言った。ただ、そのリストを見せるときの母が、どんなに幸せだったか、なんとなくそれが伝わってくるような気もした。

バスを降りてタクシーを拾い、街のほうへ引き返した。道が空《す》いていたおかげで、フォンテス・ペレイラ・デ・メロ大通りにあるデパートに、どうにか閉店三十分前に駆け込めた。

すでに小さなバッグを買うことに決めていたので、お目当ての店に入り、あとは色を選ぶだけでよかった。

六階にある少し年配者向けのその店で、いくつかある布製のバッグを吟味していると、ふと通路の向こう、エレベーターホールに立っている警備員に目が向いた。最初はさっとまたバッグのほうに視線を戻したのだが、その色鮮やかなバッグを眺めているうちに、「色？」とふとあることに気づき、慌ててまたエレベーターホールのほうへ顔を上げた。

間違いなかった。バスの中で会った「ポルトガルの海」の彼が、堅苦しそうな警備服を着て、そこに立っていたのだ。

私はなんとなくうれしくなって、手に持っていたバッグをレジに運ぶと、彼がいなくならないよう、ちらちらと背後をふり返りながら、鮮やかなオレンジ色のバッグが丁寧に包装されるのを待った。

プレゼント用に包装されたバッグを持って、エレベーターホールに向かった。近づいていくと、彼がバスの中とは打って変わって、とても厳しい表情で一点を見つめて立っている。素顔を知っているせいか、その表情がとても滑稽《こっけい》に見え、思わず吹き出しそうになった。

私は「こんにちは」と軽く頭を下げた。すぐに彼のほうも気づいたようで、「あ、こんにちは」とバスで見せた笑顔を浮かべる。

「ここで働いてたんですね？」

私はそう言いながら彼の前に立った。本屋では一瞬だったし、バスの中では座っていたので気づかなかったが、彼は私よりも少し背が低いようだった。

「買い物ですか？」

彼が制帽の下にある目をちらっと私が提げた紙袋に落とす。

「ちょっと頼まれものしてて。……似合いますよ、その格好」

私は少し茶化すようにそう言った。

「そうですか？　サイズがちょっと小さいんですよ、これ」

「ここにずっと立ってるんですか？」

「二時間交代で」

「二時間？　きつそう……」

「そうでもないですよ。けっこう自分には向いてるかも」

「でも、ずっと立ってるんでしょ？　退屈しません？　あ、そうか、ぼんやり立ってるんじゃないですもんね。ちゃんと見張ってるんですよね？」

「ただ、怪しい人なんて滅多にいないですけどね」

「じゃあ、退屈だ？」

「でも、ほら、こうやっていろんな人たちを見てられるから」

「人を？」

「そう。ほら、この前、訊《き》いたじゃないですか？　自分は何色だと思うかって」

「あ、ああ」

「それをずっと考えながら立ってると、あっという間ですよ。あの人はくすんだ白だな、とか、あの人は眩《まぶ》しいくらいの黄色だな、とか」

彼がそう言いながら、通路を歩いていく客に目を向けるので、私もつられて目を向けた。すると不思議なもので、彼がくすんだ白と言ったのが、ベビーカーを押している若い女性で、眩しいくらいの黄色と言ったのが、こちらに歩いてくるカップルの男のほうじゃないかと思えた。

「その、くすんだ白って？」と私は訊いた。

「え？」

「今、くすんだ白って言ったでしょ？　それって……」

「こっちの勝手な想像ですよ。でも、いちおう、ほら、あのベビーカー押している女の人」

ずばり当たって、私は思わず、「あ、やっぱり」と声を上げた。

「え？」

「いや、なんか私にもあの人がくすんだ白に見えて」

「ほんとですか？　じゃあ、黄色は？」

「このカップルの男の人のほう」

カップルがすぐ近くまで来ていたので、私は口を押さえるようにしてそう言った。

すると彼の目がうれしそうにへの字に曲がる。

「当たり？」と私は訊いた。

「当たり」

彼が大げさに目を見開いてみせる。

そのとき、背中に視線を感じた。彼も同じ視線を感じたようで、二人同時に目を向けると、彼の上司らしい警備員が眉間《みけん》にしわを寄せてこちらを睨《にら》んでいる。

「勤務中に喋《しゃべ》ってたら、怒られちゃいますね？」

私が立ち去ろうとすると、「どうせ、もうすぐクビですよ」と彼が笑う。

「どうして？」

「今日も遅刻しちゃって」

「寝坊？」

「いや、ちょっと絵を描いてたら、すっかり出勤時間が過ぎてて……」

私は彼の手に視線を落とした。今日はその浅黒い手の甲に絵の具はついていなかったが、先日そこにあった絵の具の色がはっきりと浮かび上がってくる。

「そろそろ行きますね」

私はそう声をかけて、歩いてきた通路のほうへ引き返した。

「あの」

すぐに彼の声が追ってきて、「はい？」とふり返ると、「決まりました？　自分の色」と彼が言う。

「自分の色？」

「だから、バスの中で……」

「あ、ああ」

「まだ？」

「はい。まだ」

「じゃあ、今度会ったときまで」

肯《うなず》こうとして、ふとやめた。

「あの、あなたには何色に見えます？」

私はちゃんと向き直ってそう訊いた。彼の視線が私の頭から足先に下がっていく。ただ、そのまま彼が口を噤《つぐ》んでしまう。

「見えませんか？」

私はちょっとふざけるようにそう訊いた。彼がちょっと残念そうに「はい」と肯く。

「たぶん、喋ったからだな。なんか、言葉を交わした人って、その色が見えないっていうか……」

彼が言い訳でもするようにそう言うので、「そんなもんですか？」と私が訊くと、

「うーん、どうだろう？」と彼も首を傾《かし》げる。

なんとなくおかしくなって私が微笑むと、彼も照れくさそうに微笑み返してくる。

「あ、そうだ。あの次の日に『ポルトガルの海』買いましたよ」と彼が言った。

「ほんとですか？　もう読みました？」

「一日で」

「どうでした？」

「好きな言葉がいっぱいあった」

「私も」

「たとえば……」

「たとえば？」

「たしか、『ぼくのまとった仮装の衣装は間違っていた』。覚えてます？」

照れくさそうに棒読みした彼に訊かれ、私は首をふった。

「それ、どの辺に出てきました？」

「真ん中より後ろのほうだったかな」

「私が好きなのは、『わたしたちはどんなことでも想像できる、なにも知らないことについては』。覚えてます？」

私がそう尋ねると、今度は彼が首をひねる。

その辺で彼の上司が近づいてきた。私は、「じゃっ」と短く挨拶《あいさつ》をして、逃げるようにエスカレーターのほうへ急いだ。

10・間違えたくない

退社しようと、デスクを片付けていると、横で電卓を叩《たた》いていた梅木の手が止まった。木曜日は料理教室に通っていて、いつもなら私よりも早く帰るのだが、今日は教室には行かないらしい。何か残業を頼まれるのかと思い、顔を向けると、

「……安藤さんとこ、離婚するんだね」とぼそっと言う。

「え？」

思わぬ言葉に、私は周囲に聞こえるほどの大声を出していた。その声に逆に慌《あわ》てた梅木が、「ちょっと」と私の手を引いて給湯室へ連れていく。

「知らなかったの？」

耳元で梅木に囁《ささや》かれ、私はまた大げさに首をふった。

「そうなんだ。ごめん、私てっきり……。さっきね、専務室にお茶を持ってったら、

ドア越しに安藤さんがそんなこと話してるのを聞いたのよ」

「てっきり、なんですか？」

「だから誤解だったんなら、ごめんね。私てっきり、本田さんがなんていうか……、それに関係してると思ってたから」

梅木は申し訳なさそうな顔をしたが、その瞳《ひとみ》の奥にはまだ疑っているような色があった。

ガレット通りに新しくできたカフェで、安藤と亜希子のことを話して以来、その手の話は二人の間でタブーのようになっていた。会社で顔を合わせても、その話はしなかったし、安藤がわざとその話に触れないというよりは、その後二人の仲がうまくいっていて、それで彼も話をしないのだろうと勝手に思い込んでいた。

「私も立ち聞きしただけだから、はっきりしたことは分からないけど、でも、専務って安藤さんとこの仲人《なこうど》だったんだよね？」

梅木がフロアのほうを気にしながら、ぼそぼそと呟《つぶや》く。梅木が嘘《うそ》をついているわけもないので、本当に安藤が「離婚する」と専務に伝えていたのだろう。となれば、原因は間違いなく、亜希子と聡史のことになる。

私は梅木の体を押しのけるようにして給湯室を出ると、デスクで事務処理をしている安藤にわざと気づかれるように前を通り、その視線がこちらに向いた瞬間、「ちょっと、すいません」と口だけを動かして、廊下へ出るように合図を送った。

廊下で待っていると、すぐに安藤が出てきた。右手にボールペンを持ったままで、それを指の間に挟んでぐるぐると回している。

「あの、ちょっと小耳に挟んだんですけど……」

私がそう切り出すと、安藤もすぐに気づいたようで、「あ、そう。……残念なことにそうなったよ」と呑気《のんき》なことを言う。

「本田さん、亜希子から聞いたの？」

「いえ、そうじゃないんですけど」

「ってことは、もしかして専務？」

「いえ、そうじゃなくて……」

「なんか、すごいな、噂《うわさ》ってほんとにすぐ回るんだな」

安藤がそう言って廊下の窓際《まどぎわ》に凭《もた》れかかる。

「あの、本当なんですか？」

私は改めてそう尋ねた。

「なんか、本田さんにはいろいろ心配かけちゃったけど、修復不可能だったよ。いったん離れた気持ちってなかなか戻らないもんだな」

「亜希子さんが……、なんていうか、望んでるんですか？」

「亜希子がっていうよりも……、本田さんはまだ独身だから分からないだろうけど、夫婦ってさ、旦那《だんな》の気持ちと女房の気持ちと、それからなんていうか、やっぱ夫婦の気持ちってもんがあるんだよ。二人の気持ちだけで片がつくもんじゃないっていうか……。で、結局、今回は、その三番目の気持ち、夫婦の気持ちってもんに二人が従ったような形になった」

話の途中から、私の頭の中には聡史の顔だけしかなかった。誰の気持ちでこの離婚が決まったにしろ、これで亜希子が自由になるのだ。自由で、潑剌《はつらつ》とした、昔の亜希子に戻るのだ。

「あの、亜希子さん、これからどうするとか、そんな話してました？」

自分でも性急な質問だとは思ったが、聞かずにはいられなかった。

「亜希子？　まだそこまで話はしてないけど、あの家には俺がそのまま住んで、まあ少しだけど、亜希子には慰謝料って形で……」

「そうじゃなくて、そんなことじゃなくて！」

思わず大声を出していた。急がなければ、何かが今にも崩壊しそうに思えた。とつぜん声を荒らげた私に、安藤が目を丸めている。

「そ、そんなことじゃなくて、どんなこと？」

安藤がまたのんきな口調に戻る。

私は、「すいませんでした」と謝って、安藤をその場に置いたまま、ちょうど開いたエレベーターに乗り込んだ。「あ、ちょっと、本田さん！」と呼ぶ彼の声が聞こえたが、迷いもなく閉ボタンを押していた。


会社を飛び出してから、気持ちを落ち着けようとカフェに入った。店内はそれほど混んでいなかったが、一組だけ大声で話している女子大生のグループがあって、彼女たちの声が高い天井にキンキンとこだましていた。

コーヒーを一杯飲み、三度、大きく深呼吸した。まだ仕事中だろうが、メールではなく、聡史の声が聞きたかった。

自分は今、聡史の彼女なのだ、と心の中で十回呟いた。呟くたびに、その声がだんだんと小さくなるので、最後の一回は、心の中で大きく叫んだ。

携帯を取り出すと、ボタンを押す指が震えていた。落ち着け、落ち着け、と念じているのに、ホールにこだまする女子大生たちの笑い声で集中できない。

「無理だって！　卒業旅行にロスなんてありえないって！」

聞いているだけで嫌な気分になる声が、容赦なく耳に入ってくる。

呼び出し音が十回鳴って、留守電に切り替わる。私は慌てて電話を切った。そして、切って初めて、自分が聡史に電話をかけて、何を確かめようとしているのだろうかと我に返った。

亜希子が離婚したことを伝えようとでもしているのだろうか。彼女が自由になったのだと彼に教えてやろうとでも思っているのだろうか。それとも、亜希子が離婚しても、まだ私と付き合ってくれるか？　と、そんな惨《みじ》めな質問を、自分の彼氏にするつもりだったのか——。それではまるで、本物の聡史であれば、私など選ぶわけがないのだ、と自分で言っているようだった。私を選んだ今の聡史は、聡史の偽《にせ》者《もの》なんだと自分で言っているようなものだった。

握っていた携帯をポンとテーブルの上に投げ出すと、そのとたんに着信音が鳴った。一瞬、迷ったが、手の動きを止めることはできなかった。携帯を開くと、そこに聡史の名がある。

「もしもし」

囁くようにそう呟いた。

「もしもし。電話くれたろ？」

こちらの気持ちとは裏腹に、聡史の明るい声がする。

「あ、うん」

「何？　まだ仕事中なんだよ」

「うん、知ってる」

「ん？　何？」

やっと私の声がいつもと違うのに気づいたのか、聡史の声のトーンが少しだけ落ちる。

「どうした？　なんかあった？」

「……」

「もしかして、今週末のこと？　来れなくなったとか？」

聡史の声は本当にそれを心配しているようだった。私が東京へ行けなくなると、本当につらいのだと言わんばかりに聞こえた。

「そうじゃなくて、ただ、ちょっと電話して……」

そこで雑音が入って、電話が途切れた。すぐにかけ直してみるが、通話中の冷たい音しか聞こえてこない。何度かかけて、諦《あきら》めた。きっと移動中か何かだったのだろう。

カフェを出て、ガレット通りを歩いた。港のほうから頬を刺すような寒風が吹き抜けていく。

バッグに入れていた携帯が鳴ったのはそのときで、聡史からだろうと慌てて取り出すと、そこには見知らぬ番号が表示されている。一瞬出るのをためらったが、聡史が誰かの携帯を借りてかけているのかもしれない。

聞こえてきたのは女の声だった。

「もしもし……、あの、めぐみです。あの、耕治さんの……」

ぼそぼそと聞こえてきためぐみの声に、私は返す言葉が見つからなかった。

「あの、ちょっとお時間もらえませんでしょうか？　お姉さんにお話したいことがあって」

めぐみは一方的にそう言うと、じっと私の返事を待った。

「話って？」と私は冷たく訊《き》いた。

「はい。あの、できれば会って話したいんですけど」

「会うって、いつ？」

「あの、私のほうはいつでもいいです」

「私、明日から東京に行くのよ」

「東京？　いつ戻ってくるんでしょうか？」

めぐみにいつ戻ると訊かれて、なぜかしら「日曜日の夜」と答えるのが癪《しゃく》だった。なので、「まだ、決めてないの」と嘘をつくと、「……あの、じゃあ、もしもお時間があるなら、これからでもいいんです。都合のいい場所を言ってもらえれば、すぐに向かいますから」とめぐみが食い下がる。

立ち止まって話していたせいで、体全体が冷えていた。ガレット通りを走っていく車の赤いテールランプでさえ暖かく見える。

「これから？」

「お願いします」

めぐみにそう言われて、私は仕方なく承諾した。電話を切ると、携帯を握っていた手が凍ったように冷たかった。


めぐみと待ち合わせたのは、フォンテス・ペレイラ・デ・メロ大通りにあるファミリーレストランだった。めぐみが耕治のアパートから来るというので、そこがちょうど中間地点だったし、めぐみが来る前に何かおなかに入れておきたいという気持ちもあった。

窓際の席について、カルボナーラと紅茶を注文した。五分ほどで料理がきた。十五分ほどで食べ、その皿が片付けられたころにめぐみが店に入ってきた。

「すいませんでした。急に……」

恐縮しきっているらしいめぐみが、なかなか席に着こうとしないので、「とにかく、座ってよ」と私は声をかけた。

めぐみは注文を取りに来たウェイターにジャスミンティーを頼んだ。さっき自分が注文しようかと迷ったものだったので、その偶然の一致にふと嫌な予感が走る。

「それで、話って？」と私が口火を切った。

どうせ話の内容が耕治とのことで、できた子供をだしに、交際を認めてくれと言い出すのだろうと思っていたので、つい口調も乱暴になる。

「今回は本当にご心配かけてすいませんでした」と、まずめぐみは謝った。

テーブルにめぐみの手が置かれていた。マニキュアが似合いそうな爪《つめ》ではなかったが、ちゃんと手入れしているのだろう、どの爪もきれいな桜色をしている。

「……私、彼の子供を産むつもりはありません」

めぐみがまっすぐに私の目を見つめてそう呟く。予想とはまったく逆のことだったので、私はつい、「え？」と訊き返してしまった。

「彼がお姉さんになんと言ったのか知りませんけど、私には今、彼の子供を産むつもりはありません。もちろん、自分の都合なんかじゃなくて、まだ学生の彼にはもっと自由に将来を見てほしいと思ってるからです」

何度も練習してきたのだろう、めぐみがまるで何かを読み上げるようにそう続ける。

「彼は、『産め』って言ってます。『俺の子供なんだから、絶対に産め』って。ただ、私には分かるんです。彼がそう言ってくれるのは、彼のやさしさであって、彼が本当は今、子供を欲していないってこと」

私は思わず、「そりゃ、そうよ」と言いそうになり、ぐっと堪《こら》えた。

「……でも、ただ、私は彼と別れません。お姉さんがどう思おうと、私は耕治とずっと一緒にいたいと思ってます」

めぐみの目は真剣だった。タイミング悪くウェイターがジャスミンティーを運んできたのにもかかわらず、一瞬たりともそちらへ視線を動かさなかった。

「私、お姉さんが耕治のことを、どれほど可愛《かわい》がってきたか……、こういう言い方はヘンだけど、どれくらい耕治のことを誇りに思ってきたか、なんとなく分かるような気がするんです。それで、お姉さんが、耕治には私なんか似合わないって思うのも分かります」

「ちょ、ちょっと待って」

私はそこで初めて口を挟んだ。

「私が言いたかったのは、そういうことじゃなくて……」

「でも」

「ちょっと聞いて」

私は自分でも驚くほどの強い口調でそう言った。

「……私が言いたかったのは、そういうことじゃなくて、なんていうか、あなたにはもっと、自分が自分のままで、楽でいられる相手がいるんじゃないかと思っただけ」

考えていた科白《せりふ》ではなかったが、すらすらとそんな言葉が口から出てきた。

「楽でいられる……」

思い当たるところがあるらしく、めぐみがそう言って目を伏せる。

「そう。この前、耕治のアパートにいるあなたを見て、なんとなく、そう思ったの。なんか、とっても無理してるような、なんか、とってもがんばってるみたいな」

めぐみは何も答えなかった。ただ、伏せた目でまだ一口も飲んでいないジャスミンティーを見つめている。

いつの間にか店内は満席になっていた。入口では客たちが、そこに置かれた椅子《いす》に並んで待っている。

「私、耕治といると……」

めぐみがやっと口を開いたとき、私は窓の外を眺めながら、ぼんやりと聡史からの電話がないことを考えていた。

「お姉さんが言うように、私、耕治といると、いつも緊張してるんです。付き合ってもう五ヶ月になるのに、未《いま》だに電話がかかってきただけで緊張するし、一緒にいると、ときどき息をするのも苦しくなるし」

めぐみが苦しそうにそう告げるので、私は少しその気持ちをほぐしてあげようと、

「でしょ？　だってそう見えたもん」と明るく言った。

「初めて耕治に食事に誘われたときに感じた緊張が、ずっと今も続いてて……。へンですよね？」

私の言葉で少し気持ちがほぐれたのか、めぐみがそう言ってにこっと笑う。

「一緒にいて、苦しくない？」と私は訊いた。

ちょっと迷って、めぐみが激しく首をふる。

「ただ……、私って、小さいころからこんな自分にずっと憧《あこが》れてたんだろうなぁ、とは思います」

「怖くない？」と私は訊いた。

最初、その意味が伝わらなかったようで、めぐみがきょとんとして首をふる。ただ、めぐみもすぐにその意味に気づき、ふと思いつめたような表情で、「……怖いですよ。そんなこと言えば、毎日、怖くて、怖くて仕方ないですよ」と呟《つぶや》く。

「……私、子供のころから地味だったんですよ。目立たない女の子で、でもいじめられっ子とか、そういうんじゃなくて、いつもクラスの中の一人っていうか……」

めぐみがそう言いながら、やっとジャスミンティーに口をつける。

「私もそうよ」と、私は言った。

自分でも不思議なくらい素直に言えた。

「私、自分がどんな女の子なのか、自分で分析したことあるんですよ」

めぐみにそう言われ、私は、「分析？」と訊き返した。

「耕治に出会う前って、ほんと、自分で言うのもあれだけど、ほんとに惨憺《さんたん》たる状況で、どうして自分ってこんなに男の人に縁がないんだろうって。そんなこと考えてるうちに、だったら自分がどんな女なのか分析して、もてない理由を突き止めようって」

店に入ってきたときよりも、めぐみの緊張は明らかにとけていた。ただ、打ち解けたという感じではない。

「分析って、どうやったの？」と私は訊いた。

「自分の性格っていうか、タイプっていうか、それを十個挙げてみたんです」

「十個？」

「はい」

「どういうタイプだったわけ？」

「うーん、じゃあ、言いますけど、絶対に笑わないって約束してくれます？」

「分かった。約束する」

「じゃあ、言いますけど、まず、1、結局、私ってモテる男の人が好きなんだなぁって」

めぐみが真顔でそう言うので、私は思わず吹き出してしまった。

「あ、笑わないって言ったじゃないですか」

「ご、ごめん。だって、いきなり核心つくんだもん。ほんとにごめん。続けて」

「ほんとに笑わないで下さいよ」

めぐみが改めてそう前置きをし、次々と自分が男に縁がなかった理由を挙げていく。

「2、イヤな女にはなりたくない。だから、ここって時に引いちゃうんです。3、どちらかといえば聞き役。いつも友達の相談ばっかり受けてたから、耳年増《みみどしま》になってたんじゃないかって。で、次が4ですよね、意外と家族関係は良好。なんか私の思い込みかも知れないけど、激しい恋ができる人って、あまり家庭環境に恵まれてないような気がするんですよ」

めぐみがそう言って、私の顔を覗《のぞ》き込んでくる。私はあいまいに「そう？」と首をひねった。

「次が5ですよね？　恥ずかしいんですけど、初体験は十九歳、高校を卒業して……。なんていうか、慌《あわ》てるみたいにして……」

とつぜんの告白に、私のほうが恥ずかしくなった。めぐみもそうとう勇気をふり絞って告白してくれたらしく、耳まで真っ赤に染めている。

私は続きが聞きたくなって、「で？　あとの5つは？」と急《せ》かした。

めぐみは指折り数えながら、あとの5つを教えてくれた。6、何かと、タイミングが悪い。7、未だにときどき少女漫画を読んでいる。8、夜のバスに乗って街を走るのが好き。なんていうか、落ち着くんです。行きのバスじゃなくて、帰りのバスだと。9、どちらかというとアウトドアは苦手。

そこまで言って、めぐみがふと口を噤《つぐ》む。

「で、最後の10は？」と私は訊いた。直感的に、そこに何かの答えが、隠されていそうな気がしたのだ。

「最後は、『間違えたくない』」とめぐみが言った。

一瞬、なんのことだか分からず、「え？」と訊き返すと、「私、どんなことに対しても間違えたくないって、まずそう思ってからしか動けないんです」とめぐみが答える。

「間違えたくないって、どういうこと？」

「だから、自分が間違ってるんじゃないかって思う方向に、絶対に進めないんです。間違っててもいい、それでも誰かの胸に飛び込むってことが、私にはできなかったんです」

そこまで聞いて、私は、「ああ」と肯《うなず》いた。この目の前に座っている女の子は、今回、その殻を破ったのだ。自分では決してうまくいくはずがないと思っている男との関係に、今回だけは、その殻を破って飛び込んだのだ、と。

三十分で切り上げるつもりが、なんだかんだで二時間ほどめぐみと話をしていた。入り口で席が空くのを待っていた客たちの姿もなくなり、いつの間にかまた空席も目立つようになっている。

店を出るとき、私は「もし何か、できることがあったらいつでも電話して」とめぐみに言った。めぐみはすぐに、それが子供の堕胎に関することだと分かったらしく、「ありがとうございます」と頭を下げた。

「がんばってね」と私は言った。何をがんばってほしいと思っていたのか、自分でも分からなかったが、とにかくめぐみにがんばってほしいと思った。

めぐみと別れて、バスを待っていると、聡史から電話があった。

「さっきはごめん。あのあと、部長に呼ばれてさ、ずっと電話できなかったんだ」

と早口で捲《ま》くし立てる。

「明日、来られるんだよな？」と訊くので、私は、「うん」と肯いた。

亜希子と安藤のことを知っているのか、聞きたい気持ちはあったが、どう切り出せばいいのか分からなかった。

「じゃあ、とにかく明日、東京駅に迎えに行くから」

聡史は早口で告げて電話を切った。

人間の勘というのは、どうしてこんなにもリアルな言葉になるのだろうか。聡史に電話を切られたとたん、「無理だ」という、はっきりとした言葉が頭に浮かんだ。するとヽまるでピンに刺されたようだった痛みが、体の奥深くに広がって、それとともに、何が無理なのかという答えが、まるで鈍痛のように体内に広がっていく。

……無理だ。聡史さんは、亜希子さんを選ぶ。もしも、亜希子さんが離婚したことを知ったら、聡史さんは私じゃなくて、彼女を選ぶ。

誰の声なのか、そんな言葉が体の中から聞こえてくる。

あれはいつだったか、港の岸壁で蝶《ちょう》の死がいを見つけたことがあった。

あれは誰が刺したピンだったのか——。

これは誰の声なのか——。

私は早くバスが来ないかと通りの向こう側へ目を向けた。気がつくと、早く来い、早く明日になれ、と心の中で繰り返していた。

バス停の前が、「ポルトガルの海」の彼が警備員をしている百貨店だった。十分近く待っていたが、バスがくる気配もない。

寒空に突っ立っている足が冷えて、今にもポキンと折れてしまいそうだった。ふと目を向けた百貨店の前に、彼が立っているのを発見したのはそのときだ。彼はこちらに気づいていたらしく、軽く手を挙げて見せ、横断歩道の信号が早く青にならないかと、イライラしたように足踏みしていた。

信号が青に変わって、彼は駆け寄ってきた。手袋もはめていない手に、何度も白い息を吐きながら、「また、会いましたね？」と明るい声をかけてくる。

バス停には私以外誰も立っていなかった。ついさっきまで一人若い女性が立っていたのだが、行き先の違うバスに乗って、すでに走り去っている。

「仕事終わったんですか？」と私は訊《き》いた。

「今日、早番で」

そう答えながら、彼が背後の百貨店に目を向ける。すでにシャッターは下ろされていたが、路地の奥にあるらしい従業員用の通用口から数人の社員が出てくるのが見える。

「これが早番ってことは、遅番は朝までなんですか？」と私は聞いた。

寒いのか、彼が首を縮めながら、こくんと肯く。帰る方向は一緒だったので、同じバスを待つことになる。

「誰もいないデパートって怖くないですか？　マネキンとか」と私は訊いた。

「怖いですよ。でも、マネキンはあんまり怖くないかな。どっちかっていうと、階段が怖い」

「階段？」

「そう、フロアにいれば、ある程度、全体が見渡せるからそう怖くないんだけど、ほら、階段って、まったく見えない場所に上ってってったり、下りてってったりするから」

彼が本気で言っているのかは分からなかったが、そう言われれば、たしかに怖いような気もした。

「今、仕事帰りですか？」

彼からそう尋ねられた瞬間だった。一瞬、めまいがしたのかと錯覚した。目の前から光という光がなくなって、とつぜん広がった暗闇《くらやみ》にすっと手を引かれそうになったのだ。

隣で、「あ！」と彼が叫んだ。目の前を走っていた車が急ブレーキをかけ、そのライトだけが車道を丸く照らし出している。

「て、停電？」

隣に立つ彼に言われて、私は初めてその場の状況が飲み込めた。目に見えるあらゆる場所から光という光が消えていた。さっきまでついていた百貨店の明かりも、隣に立つビルの窓明かりも、信号も、街灯も、街中からあらゆる光が消えていた。

「て、停電だ」

彼がもう一度ゆっくりと繰り返す。私はとつぜんのことに気が動転し、隣に立つ彼の手を思わず握りしめていた。

真っ暗な通りの中、唯一《ゆいいつ》、車のライトだけが車道に引かれた白線を照らし出している。

「す、すごい」

私は思わずそう言った。隣に立つ彼の顔さえおぼつかなかった。街中から光が消えたとたんに、あらゆる路地から車のクラクションが聞こえた。

「そうだ！　あそこに行こう！」

とつぜん握っていた手を強く握り返されて、彼が私の体を引っ張ろうとする。急に腕を引かれて、私は思わず抵抗し、両足に力を込めた。

「行くってどこに？」

うわずった声だったが、彼の耳には届いたようで、「屋上。デパートの屋上に上ってみようよ」と彼が言う。有無を言わせぬ口調だった。

車道に急停車した車のライトを頼りに、私は彼に手を引かれて通りを渡った。歩道の段差で転びそうになったけれども、彼がタイミングよく支えてくれる。

真っ暗な通用口では、どこからともなく人の声が聞こえた。とつぜんのことでどう対処していいのか分からず、その場に立ち尽くしている人たちらしかった。

「中に入るの？」

私が小声でそう訊くと、「大丈夫。俺が案内するから」と彼がまた腕を引く。

彼に引っ張られながら、ときどき何かにつま先や膝《ひざ》をぶつけながら、私は百貨店の通用口を通過したようだった。目の前に真っ暗な一階の売り場が広がり、視覚を失った私の鼻に、甘い香水のにおいが漂う。

「だ、大丈夫なの？　行けるの？」

真っ暗な売り場に圧倒されて、私は思わず彼の手を引いた。それでも彼が、「大丈夫」と私の手を強く引く。

彼に背中を押されるように、私は階段を上っているようだった。足元に小さな非常灯がついていたので、どうにか踊り場と次の階段の区別はできたが、もしも彼に支えられていなかったら、何度も転んだに違いない。

もう何度も行ったことのある百貨店だったが、どこをどう通って、七階の屋上まで上ったのか分からなかった。感覚としては三十分も階段を上がってきたような気もするし、まだ通りを渡ってから一、二分しか経《た》っていないような気もする。

屋上の扉の前に着くと、彼が私の手を離した。離されたとたん、恐怖が襲って、

「握ってて」と私は叫んだ。

「ちょっと待って、鍵《かぎ》開けるから」

彼はそう言うと、ガチャガチャと暗闇で音を鳴らした。

「ここ、壊れてるんだよ」

彼が自慢げに教えてくれる。

扉が開くと、急に冷たい風が吹き込んできた。目の前には子供たちを遊ばせる広場があり、暗闇に小さなブランコや滑り台がある。

「こっち」

また彼に手を取られ、私は屋上に踏み出した。踏み出したとたん、金網の向こうに広がる、光を失った街が見える。

「うわっ、すごい」

思わず私は呟《つぶや》いた。私の街がまるで真っ暗な港に飲み込まれてしまったようだった。

彼が正面の金網に張り付いて、ベンチの上に立つ。そのまま私の手を引くので、私も彼を真似《まね》てベンチに立った。

街中の明かりという明かりが消えていた。

「すごいな」

「すごいね」

思わず二人で呟き合った。握った金網の冷たさも、吹き抜ける寒風もまったく気にならなかった。

「こんなにきれいだったんだ。この街」と私はふと呟いていた。

こちらに顔を向けた彼が、「この街？」と首を傾《かし》げる。

「そう。この街。こんなにきれいだったんだ」

私は改めてそう言った。いつもはくすんだ街だった。ただ、そこからすべての色を奪い取ると、こんなにも美しく見えたのだ。

「この街、きれいだと思ってなかったの？」

彼が金網に顔を貼《は》りつけたままそう訊いてくる。私は声を出さずに肯いた。その顔の動きが握っている手に伝わったのか、「こんなにきれいな街、他にないよ」と、彼が言う。「……うん、こんなに美しい街、他にはない」と。

街のあちらこちらで、ちらほらと明かりがつくようになるまで、十五分以上かかった。私たちは、向こうに一つ、こちらに一つ、ついていく明かりを、百貨店の屋上からずっと見ていた。

「あ、あそこ」

「あ、そこ」

「ほら、今、あそこについた」

「その隣にも」

そうやって言い合っているうちに、時間などあっというまに過ぎていた。しばらくすると、通りを救急車やパトカーが走り始めた。中には「落ち着いて行動してください。あと数分で回復する見込みです」と注意を促す車もあって、しんと静まった街の中、拡声器の声だけが響いていた。

私たちは握っていた手を離して、ベンチに座った。背後に明かりの消えた街があった。どうせいつかはまた元の街に戻るのだろうが、できればそれまで、ここに座っていたかった。

「明日、俺、休みなんだ」

彼がふとそう言い出したのは、救急車のサイレンが港のほうに小さくなったときだった。

「……もしよかったら、明日の夜、食事に行かないか？」と彼が言う。

「明日の夜？」

「そう。明日の夜、仲原通りから少し入った岸壁の手前に、旨《うま》いすし屋があって、実は明日給料日だったりするんで……」

彼が照れくさそうにそう言った。

「7月24日通りだ」と私は言った。

「え？」と、彼がきょとんとした顔を向ける。

「あの通りを、そう呼んでるの」と私は笑った。

「7月24日？　なんか意味があんの？」

「私ね、この街をリスボンに重ねて遊んでるのよ」

「リスボン？」

「そう、リスボン。ペソアが暮らしてた街」

「じゃあ、この下の通りは？」と彼が訊く。

「ここは、フォンテス・ペレイラ・デ・メロ大通り」

「フォンテ……、なんか舌噛《か》みそうな名前だな」

彼が呆《あき》れたようにその名前を繰り返す。

「あのさ、そうやってこの街をリスボン風に呼んでること、周りの人は知ってるの？」

　彼がそう訊くので、「もちろん、内緒」と私が笑うと、「よかった。内緒にしといたほうがいいよ」と彼も笑う。

　彼といると落ち着けた。でも、それはある意味でまるで隣に彼がいないようでもあった。ふり返ると港のほうが明るくなっていた。港のほうの地区から徐々に、復旧しているらしかった。

「そうか。そういうわけで、俺は明日、君と食事できないんだ……」

　どういう話の流れからだったか、明かりの消えた街の中、誰もいない百貨店の屋上で、私は彼に、聡史とのことを話していた。ただ、明日会えない理由を告げるだけではなく、高校のころに憧《あこが》れていた聡史のことや、二人並んで学校から帰っていく亜希子と彼が、どんなに輝いていたか、高校総体の打ち上げでのエピソード、それを彼が覚えていてくれたこと、そして年末の同窓会の夜のできごと。それから初めて二人きりでお茶を飲んだこと、雨の中のハイキング、そして初めて訪れた聡史の部屋のこと。

彼は何も言わずに、黙って私の話を聞いてくれた。ときどき、「そうなんだ」と相槌《あいづち》を打つことはあっても、決して笑うことも、馬鹿《ばか》にすることもなかった。

私はここ数日のことも彼に話した。メールでやりとりしてること、亜希子と安藤が結局離婚してしまうこと、そして、自分が亜希子には勝てないと思っていること。

話を聞き終わると、彼がさっきの科白《せりふ》を言った。「そうか。そういうわけで、俺は明日、君と食事できないんだ……」と。

何か非難めいたことを言われるかと思ったが、彼はすっとベンチの上にまた立ち上がり、「まだ真っ暗だよ」と言っただけだった。

その声に導かれて、私ももう一度ベンチに立った。港のほうだけは明るくなっていたが、眼下に広がる街はまだ暗く、さっきまでついていた車のライトもほとんど消えていた。

「明かりが消えると、音まで消えちゃうんだね」と私は言った。

金網に顔を押しつけたままの彼は、何も答えない。

しばらく隣に立って、真っ暗な街を見ていた。黙り込んだ彼の横顔が、とても悲しそうだった。

「その男の顔がちゃんと見えてる?」

　とつぜん彼がそう言った。一瞬、何を問われているのか分からずに、「え?」と私は訊《き》き返した。

「こうやって、真っ暗な中でも、ちゃんとその男の顔を思い浮かべることができる?」

　彼がまっすぐに街を見ながらそう尋ねる。

「……も、もちろん。だって、ずっと好きだった人なんだよ」

　私は慌《あわ》ててそう言った。

「だから、ずっと好きだったその人じゃなくて、今、好きなその人の顔だよ」

　彼が諭すようにゆっくりと言い、まっすぐに私のほうに目を向ける。初めて会ったとき、エメラルドグリーンのような、薄い青のような微妙な色に見えた瞳《ひとみ》が、今夜は港のほうの光を浴びて、黄金色に輝いている。

「どういう意味?」と私は訊いた。

「だからさ、高校のころの彼じゃなくて、今、ここでちゃんと生きてるその人の顔」

彼はそう言うと、ぴょんとベンチから飛び降りた。

「そろそろ行こうか?」というので、私もベンチから降りた。ただ、まだ何も答えていなかった。彼の質問に、まだきちんと答えていなかった。

百貨店を出て、街に戻ると、地上の喧騒《けんそう》があった。街中の人たちが、この珍しい夜に、家を飛び出し、通りに出ていた。

私たちは歩いて7月24日通りを帰った。岸壁に出る手前で、「ここが、さっき俺が誘ったすし屋」と、彼が真っ暗なビルの一階を指す。店のドアは閉められていたが、ろうそくでも灯《とも》しているのか、中にほのかな明かりが見え、楽しそうな笑い声が聞こえていた。

結局、ジェロニモス修道院前のバス停まで一緒に歩いた。別れ際《ぎわ》、「明日、俺、待ってるよ。あの7月24日通りのすし屋で、君が来るのを待ってる」と彼は言った。

もちろんすぐに、「私、行けない」と答えた。しかし彼はすでに走り出しており、「来なくてもいいよ。とにかく俺、待ってるから!」と叫んで、信号もついていないがらんとした車道に姿を消した。

翌日、会社を出たのは、6時半だった。すでに東京へ行く準備はしてきたし、あとはそのまま駅へ向かうだけでよかった。

会社を出るとき、安藤に呼び止められて、「いろいろ心配かけて悪かったな」と言われた。返す言葉もなくて、私は、「いえ」と首をふっただけだった。

会社から駅へ向かう途中、あることに気がついた。自分でもまったく意識せずに、とても自然にそうやっていたので、正直、我ながら驚いたのだが、いつもなら、「コメルシオ広場から三番のバスに乗って、サンタ・アポローニア駅へ」と、頭でそう考えているはずなのに、バスの中でふと気がつくと、「水辺の公園から三番のバスに乗って、花崩駅へ向かうのだ」とごく自然に考えていたのだ。

自分の街を、本来の名前で呼んでいる自分が、どこか新鮮に思えた。そして自分が新鮮に思えることで、この街までが、まるで初めて訪れている、異国の街にさえ見えた。

駅に着いたのは、7時過ぎだった。バスを降りたとたん、昨夜の真っ暗な街の風景が頭に浮かび、「待ってるから」と叫んで姿を消した、まだ名前も知らない彼の後ろ姿がよみがえる。

駅で切符を買ったあと、私は聡史に電話をかけた。珍しくすぐに出て、「これから乗るんだよな？」と訊いてくる。そのちょっとした声を聞いただけで、昨日とは何かが違うことに気がついた。

「7号車」と私は言った。

「え？」と彼の声がする。

「だから、7号車に乗ってく」と私は言った。

「あ、ああ。7号車な」と彼の声がする。

喉元《のどもと》まで、「亜希子さんから連絡があったんでしょ？」という言葉が上ってきたが、ぐっと堪《こら》えて飲み込んだ。私は何も訊かずに電話を切った。

ホームのベンチに座っていると、横に座っていたおばあちゃんたちが昨夜の停電について話していた。戦後はしょっちゅうだったとか、やっぱり懐中電灯より蠟燭《ろうそく》のほうが役に立つとか。

電車がホームに入ってくるというアナウンスがあって、私はベンチから立ち上がった。ちょうどその瞬間に携帯が鳴り、聡史からかと思って開くと、そこにめぐみの名前があった。

「もしもし」と、私はアナウンスの声に負けないように言った。

「もしもし、お姉さんですか？　昨日は遅くまですいませんでした」

アナウンスが終わって、今度はホームのチャイムが鳴り出す。

「今、電話大丈夫ですか？」

こちらの気配に気がついたのか、めぐみもそう大声を出す。

「今、駅なの。何かあった？」

「あの、昨日、耕治とちゃんと話、しました。まだ納得してはくれてないけど、時間をかけてきちんと二人で話し合いますから」

「……あ、うん。そうした方がいいよ」

うわの空でそう答えていた。

「あ、そうだ。これからお姉さん、東京に行くんですよね？　ごめんなさい」

スピードをゆるめた電車がゆっくりとホームに入ってくる。

めぐみの声を聞きながら、なぜかしらふと、やめるなら今だと思った。

私もずっとめぐみと同じような女の子だった。ずっと間違ったことをするのが怖くて、いつも動き出せないでいた。

今、この電車に乗って、聡史に会いに行くのは間違いだと分かっている。行けば必ず後悔することも、誰に尋ねなくても分かっている。ただ……。

「そう。これから行くの！」と私は叫んだ。目の前に、ゆっくりと電車が走り込んでくる。

「がんばって下さいね」

「え？　どういう意味？」

「いいえ、別に意味はないんですけど……。この前、お姉さんが私にそう言ってくれたから……。がんばってねって」

停車した電車のドアが開き、ベンチに座っていたおばあちゃんたちのグループが大きなバッグを抱えて乗り込んでいく。

「ねぇ、めぐみちゃん」

私も足元に置いていたバッグを上げた。

「私も、間違ったことしてみるよ」

「え？」

「だから私も、一度くらい間違ったこと、ちゃんとしてみる」

私は電車に乗り込みながらそう言った。間違えないようにと、じっと動かずにいるよりも、間違えて、泣いてもいいから、ここから動き出してみようと思った。

乗り込むと、ホームでまたチャイムが鳴った。背後でドアがゆっくりと閉まる。

解説

瀧井朝世

破《わ》れ鍋《なべ》に綴《と》じ蓋《ぶた》、という言葉がある。

どんな人にもぴったりの相手はいる、という励ましでもあるし、身分相応の相手を選んだほうがいいよ、という忠告でもある。まあ自分のことを「破れ鍋」だの「綴じ蓋」だの言われるのは気分よくはないが、それより気になるのは、似た者同士じゃないといけないの、ということ。高望みしてはダメなのだろうか。「破れ鍋」がル・クルーゼのホーロー鍋に憧《あこが》れるのは、許されないのか。

ここに「破れ鍋」気質の女性がいる。本書の主人公、小百合《さゆり》だ。地味だが、特別マイナス要素があるわけでもない、ごく普通の会社員。なのに自分がイケてないという事実を、淡泊《たんぱく》に受け入れている模様。何が彼女の「破れ鍋」気質を育てたのだろう。

まず、四つ年下のイケメン弟、耕治の存在が大きい。小さい頃から彼ばかり贔屓《ひいき》にされ、時には「弟にくらべて姉は地味」と囁《ささや》かれてきたのだ。さらに恋愛においての自信喪失は、思春期のイタイ体験による。まわりの女子がステキな男子とカップルになっていく高校一年の頃、生まれてはじめて告白してくれたのは、目立たない同級生、真木だった。女として自分はこのレベルなのか、と「なんだか、ひどく世の中に馬鹿《ばか》にされているような気がした」彼女は、逃げるように帰宅した後、一人で泣く。こうした繊細な女心の描き方が、吉田氏は非常にうまい。

そんな彼女が好むのはル・クルーゼ。高校時代に想《おも》いをよせていたのは人気者の聡《さと》史《し》だし、弟のことはずっと誇らしく思っている。耕治を「私の唯一《ゆいいつ》のプライド」とまでいってのけるところ、やっぱり「破れ鍋」気質。でも決してひがんだりしない小百合がいい。自分の住む街も「県庁所在地でもない、どちらかといえば地味な日本の地方都市」と見下しつつ、地名をリスボンのそれと置き換えて楽しんでいる。今自分のいる場所を卑下せず肯定している姿には、好感を覚える。

しかし、だからなのかもしれない。彼女は、現実と齟齬《そご》をきたしている（ように見える）女性が好きではないようだ。聡史の彼女だった亜希子は、夫とぎくしゃくしている現在、無理に輝かしい自分を演出していて鼻白《はなじろ》ませる。耕治の彼女、めぐみに対してもかなり辛辣《しんらつ》。おどおどした地味な女が、自慢の弟の彼女だという事実を、受け入れられないのだ。しかし聡史が帰郷して何かとかまってくれるようになると、自分も憧れの王子様への恋心を抑えることができない。そんな折り、偶然知り合ったのが、画家志望の青年。魅力的なキャラクターだが、残念ながら容貌《ようぼう》は真木君を彷彿《ほうふつ》させるという。さて「破れ鍋」気質の女の子は、高望みを貫くのか「綴じ蓋」を選ぶのか。……ってヒドイ表現ですね、スミマセン。私は真木君も画家志望の彼も好きです。

ラブ・ストーリーの王道的な展開といえば、王子様が自分を迎えにきてハッピーエンドか、王子様に恋していたけれど、それまで恋愛対象ではなかった身近な異性の魅力に気づいて結ばれる、という二パターン。本書も舞台設定は王道パターンにバッチリ当てはまっている。さてどっちに転がるのか……と思っていたら、まったく違う展開が待っている。

何が違うって、王子様像である。聡史は、もはやスーパーマンではない。環境を変えると、それまでの輝きを失ってしまうことは多々ある。その時、亜希子のように過去の栄光にこだわるのも不幸だが、聡史のように、過去と現在と比べ「この街にいた自分に勝ったと思える瞬間が一度もない」と、挫折《ざせつ》を認識するのも辛《つら》い。ここが、おとぎ話とは違う、リアリティを感じさせる部分。そして聡史の弱音を聞いても、小百合の思いが揺らぎないところが、頼もしくもあるが、危なっかしくもある。画家志望の青年がさりげなく指摘するように、彼女は過去の聡史に恋しているだけじゃないだろうか、現在の聡史をきちんと見ているのだろうか、という疑問が生じる。そして素直に聡史との恋を応援できなくなってしまうのだ。

そんな現実があるからこそ、ラストの小百合の決断には、正直ビックリする。単なるどんでん返しに意表をつかれた、ということではなく、「小百合、やるなあ！」という嬉《うれ》しい驚きを感じるのである。

きっかけとなる事柄はいくつもあって、それは耕治からの罵倒《ばとう》であったり、めぐみの愚直な告白であったり、停電した町だったりする。それぞれのシーンの言葉のひとつひとつ、光景のひとつひとつが、鋭く心に突き刺さってきて、小百合と同じくらい胸が痛くなる。だから、それらをかみしめた上での彼女の決断を、肯定したくなるのだ。実際は、この決断については賛否《さんぴ》両論だと思う。さらに恋の行く先については、否定的な意見が多いかも。それでも、このラストが非常に爽《さわ》やかな印象を残すのは、恋愛の行方に関係なく、一人の女性が確実に成長し、大きな一歩を踏み出した、と実感させられるからだ。海外旅行にも興味を示さず「どこかへふらっと行く」という能力が欠けている、と自認する女性が、恋という名の大胆な冒険に出る。その時はじめて、彼女は観客でも脇役《わきやく》でも「破れ鍋」でもなく、自分の人生の主人公になる。

他力本願でなく、自分から動いて欲しいものを獲得しようとする。それはもう、高望みなんかじゃない。そんな風に言われるようなものじゃない。

何もせずに未練を残すか、何かやってみて後悔するか。あなたが選ぶなら、どちらだろう。行動を起こしても、起こさなくても、取り返しの付かなくなってしまうことはある。ならば、動いてみたほうがよいのではないか。変化を怖《おそ》れて傍観者になっていては、後々「あの時ああしていたら」「こうしていれば」という「たら」「れば」が蓄積されていくだけだ。でも、ひとたび動いてみたなら、たとえそれが結果的に間違った行為だったとしても、未練を残さない分、自分の中に次のステップへと移る足がかりができるのではないか。そうしてこそ、幸せに近づくことができる、と信じさせてくれるのが、本書である。

こんな胸キュン物語を描いたのが、吉田修一氏だとは、驚く人も多いのでは。恋人に本気で豆を投げつけるイヤーな男（『熱帯魚』収録の「グリーンピース」）を描くような作家である。だけど何度も取材してきた中で、その女性観に「ほお〜」と思ったことがあったのは確か。例えば、リーズ・ウィザースプーン主演の『キューティ・ブロンド』の話をした時、彼は真っ先に脇役ポーレットを演じるジェニファー・クーリッジに言及して「僕、あの人好きなんです」と言った。主人公を助けるハデな美容師を演じるジェニファーは、コメディに多数出演している迫力ある顔つきのオバチャン。かなりいい味を出しているけれど、彼女に着目する男性って、なかなかいないんじゃないだろうか。先日、某雑誌の取材で女性読者にすすめる映画を挙げてもらった時は、テーマを「強い女は美しい」と設定、ジュリア・ロバーツ主演の『エリン・ブロコビッチ』、コン・リー主演の『秋菊の物語』、小林聡美《さとみ》主演の『てなもんや商社』といった、奮闘する女性を描いた作品を挙げていた。クールな眼差《まなざ》しのまま「〃女の武器〃を使う女の人って嫌いじゃないんです」とも発言していたな、たしか。

吉田氏は、頑張《がんば》ってあがいている女性の味方なのである。たとえ結果が間違いだったとしても、怖れず一歩を踏み出す、そんな姿にエールを送っている。自分の世界を変えようとする女性は『東京湾景』や『女たちは二度遊ぶ』、最新作『悪人』など、他の作品でも登場する。思い切って行動して大失敗しても、彼のように見守ってくれる男性がいると信じて、女子のみなさん、勇気をだしましょう。

最後に。フェルナンド・ペソアは20世紀のポルトガルを代表する詩人で、アントニオ・タブッキの『インド夜想曲』などでも紹介されている。もちろん本書に登場する『ポルトガルの海』『ペソアと歩くリスボン』（ともに彩流社）や『不穏の書、断章』（思潮社）は実在の書籍で、吉田氏も愛読しているようだ。いくつもの〝異名〟を使っており、小百合が記憶した一節が含まれる「現実」と画家志望の青年が挙げた「煙草屋」は、どちらも詩人名がアルヴァロ・デ・カンポス。これは偶然だろうか、それとも吉田氏の好みだろうか。それぞれの詩が何を語ったものかは、まずは抜粋された一節から想像すると楽しいだろう。「わたしたちはどんなことでも想像できる、なにも知らないことについては。」というのだから。

（平成十九年四月、フリーランスライター）

この作品は平成十六年十二月新潮社より刊行された。

いしいしんじ著

ぶらんこ乗り

ぶらんこが得意な、声を失った男の子。動物と話ができる、作り話の天才。もういない、私の弟。古びたノートに残された真実の物語。

いしいしんじ著

麦ふみクーツェ

坪田譲治文学賞受賞

音楽にとりつかれた祖父と素数にとりつかれた父。少年の人生のでたらめな悲喜劇を貫く圧倒的祝福の音楽、そして麦ふみの音。

中沢けい著

楽隊のうさぎ

吹奏楽部に入った気弱な少年は、生き生きと変化する——。忘れてませんか、伸び盛りの輝きを。親たちへ、中学生たちへのエール！

北村薫著

リセット

昭和二十年、神戸。ひかれあう16歳の真澄と修一は、再会翌日無情な運命に引き裂かれる。巡り合う二つの《時》。想いは時を超えるのか。

桐野夏生著

魂萌え！（上・下）

婦人公論文芸賞受賞

夫に先立たれた敏子、五十九歳。「平凡な主婦」が突然、第二の人生を迎える戸惑い。そして新たな体験を通し、魂の昂揚を描く長篇。

桐野夏生著

冒険の国

時代の趨勢に取り残され、滅びゆく人びと。同級生の自殺による欠落感を埋められない主人公の痛々しい青春。文庫オリジナル作品！

新潮文庫最新刊

櫛木理宇著
少女葬
ふたりの少女の運命を分けたのは、いったいなんだったのか。貧困に落ちたある家出少女たちの青春と絶望を容赦なく描き出す衝撃作。

藤石波矢著
流星の下で、君は二度死ぬ
女子高生のみちるは、校舎屋上で〝殺される〟予知夢を見た。「助けたい、君を」後悔と痛みを乗り越え前を向く、学園青春ミステリ。

北方謙三著
鬼哭の剣
―日向景一郎シリーズ4―
敵は闇に棲む柳生流。日向森之助、遂に剣士として覚醒す――。滅びゆく流派を継ぐ兄弟の交錯する想い、そして哀しき運命を描く。

山本周五郎著
栄花物語
非難と悪罵を浴びながら、頑ななまでに意志を貫いて政治改革に取り組んだ老中田沼意次父子を、時代の先覚者として描いた歴史長編。

D・キーン
松宮史朗訳
思い出の作家たち
―谷崎・川端・三島・安部・司馬―
日本文学を世界文学の域まで高からしめた文学研究者による、超一級の文学論にして追憶の書。現代日本文学の入門書としても好適。

永野健二著
バブル
―日本迷走の原点―
地価と株価が急上昇し日本全体が浮かれていた……。政官民一体で繰り広げられた狂乱の時代を「伝説の記者」が巨視的に振り返る。

7月《しちがつ》24日《にじゆうよつか》通《どお》り

新潮文庫　よ-27-3

平成十九年六月一日発行
令和元年六月五日八刷

著者　吉《よし》田《だ》修《しゅう》一《いち》

発行者　佐藤隆信

発行所　株式会社 新潮社

郵便番号　一六二―八七一一
東京都新宿区矢来町七一
電話 編集部(〇三)三二六六―五四四〇
読者係(〇三)三二六六―五一一一
http://www.shinchosha.co.jp

価格はカバーに表示してあります。

乱丁・落丁本は、ご面倒ですが小社読者係宛ご送付ください。送料小社負担にてお取替えいたします。

印刷・大日本印刷株式会社　製本・株式会社大進堂

ISBN978-4-10-128753-9　C0193